NOTICE

SUR

L'ŒUVRE DES PRIÈRES

ET DES

TOMBES MILITAIRES

ET DE DOMREMY

PAR

LE R. P. JOSEPH

ANCIEN AUMONIER MILITAIRE

FONDATEUR DE L'ŒUVRE DES PRIÈRES ET DES TOMBES

CHEVALIER DE LA LÉGION D'HONNEUR

BESANÇON

IMPRIMERIE ET LITHOGRAPHIE DE PAUL JACQUIN

Grande-Rue, 14

1892

COMITÉ

DE

L'ŒUVRE DES PRIÈRES & DES TOMBES & DE DOMREMY

Président d'honneur, le R. P. Joseph.
Président, M. l'amiral marquis Gicquel des Touches.
Vice-Président, général Salanson.
Secrétaire, M. l'abbé Lucas-Championnière.
Trésorier, M Hippolyte Salle.

Membres du Comité :

Général de l'Abadie d'Aydren.
Général Lanty.
Général comte des Plas.
Général du Val, comte de Dampierre.
Colonel Tiersonnier.
Colonel de Coniac.
Dr Riant.
Dr Lortat, Jacob, ancien médecin principal.
Amiral Ribourt.

Amiral baron Lagé.
Colonel Carron de la Carrière, ancien colonel de mobiles, ancien député.
Abbé Gueusset.
Antonin Pagès.
Le Camus, capitaine de frégate en retraite.
Vicomte du Plessis de Grenédan, ancien lieutenant de vaisseau.

NOTICE

SUR

L'ŒUVRE DES PRIÈRES

ET DES

TOMBES MILITAIRES

ET DE DOMREMY

PAR

LE R. P. JOSEPH

ANCIEN AUMONIER MILITAIRE

FONDATEUR DE L'ŒUVRE DES PRIÈRES ET DES TOMBES

CHEVALIER DE LA LÉGION D'HONNEUR

BESANÇON

IMPRIMERIE ET LITHOGRAPHIE DE PAUL JACQUIN

Grande-Rue, 14

1892

CIMETIÈRE D'HANOÏ (Tonkin)

(Voir ci-après, page 72)

NOTICE

L'ŒUVRE DES PRIÈRES

ET DES

TOMBES MILITAIRES

Lorsqu'on remémore les hécatombes humaines qui ont été le couronnement sanglant de nos guerres, de nos révolutions et des expéditions lointaines, depuis vingt ans, le culte des morts de la patrie s'impose à ceux qui croient à Dieu, à l'immortalité de l'âme, et qui ont à cœur l'honneur de leur pays.

L'*Œuvre des Prières et des Tombes militaires* naquit de ce double sentiment.

Consciente de sa mission de deuil et d'espérance, encouragée par le gouvernement de la France et la vaillante *Société de secours aux blessés militaires*, dite de la *Croix Rouge*, elle put atteindre son but, sans rechercher l'éclat d'une vaine popularité et sans faire de bruit.

Nos chers morts de France, qui dorment là-bas,

sur la terre de l'exil, leur long sommeil, nous l'eussent reproché.

Au début, nous pensions que notre œuvre aurait atteint son apogée avec l'achèvement du dernier mausolée qu'elle aurait à ériger partout à l'étranger, lorsqu'une idée plus élevée s'imposa à nos préoccupations : celle de procurer des prières et des suffrages aux âmes de nos morts militaires, par la fondation d'anniversaires de messes *à perpétuité*, aux lieux mêmes où nos défenseurs avaient succombé. N'est-ce pas une question de justice et le cri de tous les siècles ?

Avant Jésus-Christ, « le patriarche Joseph, sur son lit de mort, avait ordonné de ne pas laisser abandonnés ses restes dans la terre de la captivité. On sait avec quel respect fut accomplie sa volonté dernière. Les flots de la mer Rouge, les sables du désert, les quarante années de vie errante, le renouvellement de la postérité, tout dut céder, et le grand libérateur fut enseveli dans la tombe de ses pères. » On voit par là le culte que l'antiquité attachait à cette chose sacrée qu'on appelle une tombe.

Au point de vue de la prière, le chef des Machabées envoyait de larges offrandes au temple de Jérusalem pour le soulagement des héros qui avaient succombé en défendant leur pays : « Car c'est une sainte et salutaire pensée de prier pour les morts, afin qu'ils soient délivrés de leurs péchés [1]. »

Quelques siècles plus tard, c'est l'héroïne qui

(1) *II. Mach.*, xii.

sauva la France, Jeanne d'Arc, qui s'écriait après sa première victoire : *Je pleure en pensant à tant d'hommes qui sont morts sans avoir obtenu le pardon de leurs péchés....*

C'est la même pieuse sollicitude qui la suivait dans la prison de Rouen ; s'oubliant elle-même au milieu des tortures, pour ne songer qu'aux âmes de ses chers soldats, elle disait au bon frère Pasquerel : *Dites de ma part au Roi, notre maître, qu'il lui plaise de faire bâtir des chapelles où l'on prie et dise les messes pour le salut de ceux qui sont morts en défendant leur patrie.*

Tandis que nous vaquions dans le silence et dans la paix à ce devoir en faveur de nos trépassés militaires, nous apprenions par la grande voix des journaux qu'une société nouvelle, dite « Souvenir Français, » venait d'être créée, poursuivant un but analogue au nôtre. C'était en 1887 ; de toutes parts, on nous écrivit pour savoir si l'*Œuvre des Tombes* (tel était notre titre primitif) avait mis bas les armes ; — si cette œuvre nouvelle avait à sa tête des prêtres, ou du moins, si elle avait été approuvée par l'autorité ecclésiastique ; — qu'enfin, affectant certains dehors religieux, elle établissait de tous côtés des comités quêteurs.

Il nous est bien difficile de déterminer les nuances du titre pompeux dit : « Souvenir Français. » Nous croyons savoir qu'on le rencontre en épitaphe sur certaine tombe d'où la croix a été proscrite. Dans les cimetières du Père-Lachaise et de Montparnasse, le conseil municipal de Paris a fait placer, dans l'endroit le plus en vue, une grande colonne brisée avec cette inscription : « Monument du Souvenir. »

Quant au personnel dirigeant ladite Société, il n'y a qu'à parcourir les listes des membres fondateurs, qui n'ont absolument rien d'ecclésiastique.

Dans le fait, si elle fait célébrer des offices dans les églises catholiques, elle en organise tout aussi bien dans les temples protestants et dans les synagogues ; et, par là, elle indique aux plus aveugles ce qu'elle est et le but qu'elle poursuit.

Nous savons de bonne source que, dans tous les coins de la France, des catholiques, voire même des présidents ou des membres des conférences de Saint-Vincent de Paul, séduits par ces dehors religieux, ont accordé à la nouvelle œuvre un concours que depuis vingt années nous n'avons jamais obtenu.

On a bien dit : « l'*Œuvre des Tombes* ne s'étend qu'à l'Allemagne. » C'est inexact ; elle a érigé des monuments en Suisse, au Tonkin, en Tunisie, et même en France, où elle était disposée à s'étendre, selon les besoins, largement, lorsqu'elle fut arrêtée dans son élan par une lettre de M. le ministre de l'intérieur, en date du 11 septembre 1876, invoquant la loi du 4 avril 1873, qui impose au gouvernement la charge de fonder des monuments sur les restes des soldats morts sur le sol français.

On a dit « qu'une œuvre de cette nature, « le Souvenir Français, » doit être protégée par les conservateurs ; qu'il faut même que ces derniers s'en emparent. »

On a prétendu aussi que le conseil de cette société, quoique laïque, est formé par de bons chrétiens, que des ecclésiastiques et plusieurs aumôniers militaires en sont les correspondants.

Et dans le fait, les journaux nous ont appris que des cérémonies religieuses catholiques ont été organisées par le « Souvenir Français, » et présidées par des dignitaires ecclésiastiques ; peu s'en faut, et on se trouvait en présence d'une société cléricale !

Mais alors, si l'on a eu l'intention sérieuse de faire une œuvre simplement catholique, relevant surtout des conservateurs, pourquoi ne s'est-on pas uni à l'*Œuvre des Tombes*, qui avait depuis dix-huit années sa place au soleil, sans avoir jamais démérité, et dont l'ambition était de s'étendre dans toute la mesure des besoins créés par nos guerres ?

Or, nous n'avons jamais reçu à cet égard une invitation officielle ; jamais, aussi, on n'a fait la moindre allusion à notre existence et aux services rendus. Ce silence dénote suffisamment l'abîme qui nous sépare.

Pourtant nos chartes originelles ne sont pas à dédaigner.

C'est d'abord un rescrit, donné en 1872 par le souverain pontife Pie IX, approuvant *cette œuvre de foi, éminemment catholique*, et *bénissant tous les souscripteurs qui contribueront à ses succès*. Quelques prélats, comme Mgr Freppel, et récemment encore Mgr Perraud, ont mis leur éloquente parole au service de l'œuvre.

Ce sont les approbations de la presque unanimité des archevêques et évêques français.

C'est le gouvernement de la république qui donne

à l'*Œuvre des Tombes* un caractère national en lui
accordant, dès le début, un subside de 40,000 fr.

C'est la *Société de secours aux blessés* qui nous
alloue une somme égale ; finalement, c'est un rapport
présenté le 31 décembre 1878 à M. le président de
la république par M. de Marcère, ministre de l'intérieur, qui décerne à l'*Œuvre des Tombes* un honneur qu'elle n'avait pas ambitionné.

On ne pouvait donc pas ignorer notre existence,
et nos longs et pénibles labeurs méritaient de n'être
pas inconnus à ce point.

Parlons maintenant de l'église de Bazeilles.

Chacun sait les horreurs indescriptibles du siège
de cette cité, devant lequel pâlissent Strasbourg,
Belfort, Châteaudun ; c'est là que s'est illustré le général Lambert, *le héros des dernières cartouches;*
c'est là que sont couchés *les braves des braves*, au
nombre de près de 3,000, tant civils que militaires.

Déjà les habitations sont reconstruites par l'initiative de grands cœurs [1], la maison de Dieu était
encore en ruine. N'est-ce pas elle qui devait abriter
les ossements de ces héros? Est-il un mausolée plus
digne de leur gloire?

C'était sous le patronage de MM. les ministres de
la guerre, de la marine et des finances, que l'*Œuvre
des Tombes,* pour concourir à l'acquit d'une dette
qu'on peut appeler nationale, avait ouvert une souscription dans toute la France. Notre désir était de
reconstruire l'église de Bazeilles au-dessus d'une

---

[1] MM. Henri Blunt et Richard Vallace.

crypte où seraient déposés les ossements de ces Français *sans peur et sans reproche.*

Ce fut alors que M. le ministre de l'intérieur nous fit savoir que son administration s'occupait de faire ériger un monument et une crypte dans le cimetière de Bazeilles, et que nous devions restreindre notre entreprise à la construction de l'église et aux fondations d'anniversaires [1].

Notre devoir est de rappeler que c'est à la demande de M. le général comte Pajol, qui commandait une division de cavalerie à Sedan, et de M. le général de division de Fontange, qui avait un commandement à Reims, que notre œuvre s'est rattachée à celle de Bazeilles.

Nous ne voulons que mentionner l'érection du monument de la Courneuve, dont l'inauguration, présidée par l'amiral la Roncière le Noury, accompagné du général Schramm, du général Hanrion, du comte de Mun, représentant le gouverneur de Paris, et qui donna lieu à une cérémonie inoubliable, au lendemain de nos désastres.

Nous n'avons pas l'intention d'écrire une histoire de l'*Œuvre des Prières et des Tombes,* mais en présence de l'antagonisme qui s'est produit, il est urgent d'éclairer les gens de bonne foi et de répondre aux questions multiples que l'on nous adresse très fréquemment, et auxquelles il nous est impossible de satisfaire par lettre, comme il convient. C'est dans ce but que nous publions la présente

(1) V. ci-dessous p. 25, lignes 19 et suivantes, et p 81, note 1.

notice, qui offre aux lecteurs la plupart des documents correspondant : 1° à l'origine ; 2° au développement ; 3° au but actuel de l'œuvre.

On lira donc avec intérêt : 1° quelques extraits du *rapport présenté à M. le Président de la République par M. de Marcère, ministre de l'intérieur, sur l'exécution de la loi du 4 août 1873, relative aux tombes des militaires morts pendant la guerre 1870-71.*

2° Un extrait du beau livre de M. Maxime du Camp, intitulé *La Croix Rouge de France.*

3° Un chapitre sur l'*Œuvre des Prières et des Tombes*, extrait du livre intitulé *La captivité à Ulm* (1).

4° L'allocution prononcée à l'assemblée des catholiques, à Paris, le 16 mai 1889, par le R. P. Joseph.

5° Le rapport présenté par M. Hippolyte Salle, le 8 mai 1890.

6° Le rapport présenté par le même à l'assemblée des catholiques, le 28 avril 1891, à Paris.

7° Pour mémoire, la circulaire sur l'église-crypte de Bazeilles.

8° Une note sur l'union de l'*Œuvre des Prières et des Tombes* avec celle de Domremy.

9° L'appel aux anciens militaires et marins concernant l'œuvre de Domremy.

10° Un acte sous-seing privé et un décret autorisant une fondation de messe, à titre de *fac-simile* de nos actes de fondations.

_____

(1) Par le R. P. Joseph, aumônier militaire en 1870-1871 ; ce livre a eu l'honneur de neuf éditions.

Toutefois, nous affirmons, et il demeure bien entendu que, sous ce double vocable d'*Œuvre des Prières et des Tombes militaires*, nous avons la ferme volonté de maintenir cette institution, avec son double caractère hautement catholique, qui consiste : 1° à pourvoir, partout où elle y sera conviée, à la création de monuments chrétiens sur les tombes des défenseurs de la France, répondant par là à un des sentiments les plus chers à l'armée.

En effet, un soldat de la légion étrangère, Lyonel Hart, mort naguère au Tonkin, écrivait : « Quel serrement de cœur, quel chagrin, quand je pense que la tombe de nos amis demeure exposée sans croix ni prières à toutes les féroces profanations des Annamites. »

Honorer les tombes des soldats morts, c'est donner du cœur aux survivants, c'est encore du patriotisme !

2° Nous voulons des prières pour les morts de notre armée. Pendant le dernier congrès, à Valence, nous avons demandé qu'un service funèbre auquel on convierait la troupe, chefs et soldats, soit célébré, pendant l'octave des morts, dans toutes les villes de garnison.

De plus, nous désirons ardemment qu'une messe soit fondée à perpétuité dans toutes les paroisses de France qui ont été ensanglantées par un combat ou une bataille. — C'est le plus efficace des monuments ! Mais les ressources sont nécessaires ; y a-t-il un Français, une famille, une mère, dignes du nom de chrétien, qui oseront refuser leur obole ?

Enfin, nous avons formé, sous les auspices de

Mᵍʳ l'évêque de Saint-Dié, une vaste association de prières dans la basilique de Domremy; le saint sacrifice y sera célébré journellement. « Les prières » de cette association, unies à celle de Jeanne d'Arc, » protégeront vos fils contre les périls de la vie mi- » litaire. A eux aussi la vierge guerrière apparaîtra » comme l'ange de la bravoure, de la foi, de la piété » et de la pureté sans tache. O vous qui priez pour » ceux qui vous étaient si chers et qui sont tombés » pour la défense de la France, prierez-vous bien » longtemps? La douleur et la mort fermeront bien- » tôt vos lèvres; ne voulez-vous pas qu'après vous » on prie encore pour eux? O mères, ô épouses, qui » tremblez à la pensée des guerres futures, vous ré- » pondrez à l'appel de Jeanne d'Arc, vous serez les » apôtres de cette association. » (Mᵍʳ Turinaz.)

Douvaine (Haute-Savoie), le 8 décembre 1891, en la fête de l'Immaculée Conception de la sainte Vierge.

J. JOSEPH,

Ancien aumônier militaire,
Fondateur de l'Œuvre des prières et des tombes,
Chevalier de la Légion d'honneur.

N. B. — *Les souscriptions peuvent être adressées à M. H. Salle, 35, rue de Grenelle, Paris.*

APPENDICES

I.

EXTRAITS

DU RAPPORT PRÉSENTÉ AU PRÉSIDENT DE LA RÉPUBLIQUE

Par M. DE MARCÈRE, ministre de l'Intérieur

Le 31 décembre 1878

Sur l'exécution de la loi du 4 août 1873, relative aux tombes des militaires morts pendant la guerre 1870-1871.

———◦◦◦◦◦———

IIIᵉ PARTIE

CHAPITRE II

ŒUVRE DES TOMBES EN ALLEMAGNE

Ce n'est pas en France seulement que nos morts ont été l'objet d'un culte patriotique. Une société française, dite Œuvre des Tombes, n'a pas laissé dans l'oubli les sépultures des soldats et marins français décédés en Allemagne pendant leur douloureuse captivité. Un exposé rapide de cette entreprise trouve ici sa place naturelle.

RÉSUMÉ DE SES OPÉRATIONS EN ALLEMAGNE. — J'en prends le résumé dans le rapport officiel publié, le 30 septembre 1872, au nom du Comité, par le R. P. Joseph, aumônier militaire, président de l'Œuvre, dont le dévouement a été si utile à nos prisonniers, rapport qui a été inséré dans le *Bulletin de la Société française de secours aux blessés militaires des armées de terre et de mer.*

MONUMENTS CONSTRUITS AUX FRAIS DES PRISONNIERS FRANÇAIS.
— Avant que le Comité se mit à l'œuvre, nos prisonniers avaient voulu, malgré leur misère, s'imposer des sacrifices pour honorer la sépulture de ceux de leurs compagnons qui étaient morts en captivité. Grâce aux souscriptions recueillies, les tombes furent mises en bon état ; des mausolées d'un caractère noble et sévère, quoique d'un goût parfait d'exécution, furent érigés dans les quarante-huit villes suivantes : Ansbach, Altdamm, Breslau, Cottbus, Colberg, Dürlesbach ou Weingarten, Düsseldorf, Dessau, Dillingen, Friedberg, Glogau, Glætz, Hamburg, Halle, Heiligenstadt, Jüterbock, Krekow, Landshut, Landsberg, Munich, Mayence, Minden, Magdeburg, Munster, Marienburg, Neckermünd, Neiss, Neustadt, Neustrelitz, Oberinglheim, Prentzlau, Quedlinburg, Reuss, Rastadt, Ronneburg, Sieburg, Sainte-Adélaïde, Spandau, Stettin, Stindal, Stralsund, Tangermünd, Thorn, Torgau, Ulm, Weissenfelds, Wittemberg, Wismar.

DESCRIPTION DE CES MONUMENTS. — Ces monuments sont en pierre, quelquefois en marbre et généralement d'un type uniforme. Ils sont composés de deux marches, d'un piédestal et d'une croix. Ils portent ordinairement cette inscription : *Aux soldats français décédés en 1870-1871 ; souscription de leurs frères d'armes.*

MONUMENT DE MAYENCE. — Quelques-uns sont plus importants, à raison du grand nombre de sépultures qu'ils protègent. Je citerai celui de Mayence (voir planche LXXXV), qui se compose d'un socle quadrangulaire, aux angles duquel sont disposées des colonnettes, portant des frontons triangulaires entre lesquels s'élève une colonne amincie terminée par un chapiteau. Ce dernier porte une croix latine, au pied de laquelle sont sculptés un casque et une cuirasse. Le monument est entouré d'une grille posée sur parpaings. L'enceinte est ornée de plantes, de fleurs et de couronnes. *950 militaires français reposent dans le cimetière de Mayence.*

Monument d'Ulm. — Je citerai aussi celui d'Ulm (voir planche LXXXV), placé au centre du premier rang des tombes. Il se compose de deux marches et d'un socle en pierre surmonté d'une croix en marbre noir; il a cinq mètres de hauteur; une grille l'entoure. D'un côté, on lit : *A la mémoire des prisonniers français décédés à Ulm, 1870-1871. Et nunc meliorem patriam appetunt.* Plus bas : *Souscription de leurs frères d'armes et du Comité de Cette.*

Des arbres et des fleurs ont été plantés autour du monument.

Localités ou l'Œuvre des Tombes avait a porter son action. — L'Œuvre des Tombes eut l'honneur de continuer ce que notre armée avait si bien entrepris. Près de quatre cent mille soldats avaient été internés dans deux cent cinquante-neuf villes de l'Allemagne; plus de dix-huit mille y avaient succombé; dans quarante-huit cimetières, des monuments avaient été érigés au moyen des souscriptions militaires; dans trente-huit villes, il n'y avait pas eu de décès. Mais quelques dépôts ayant plusieurs cimetières, les travaux de l'Œuvre devaient s'étendre à plus de cent soixante et onze localités.

Origine et formation de l'Œuvre. — Le Comité fut d'abord constitué à Cette, par un homme de bien, M. Saint-Pierre. Dès le mois de mars 1871, il adressa un premier appel aux journaux du Midi; au mois de septembre, un appel fut encore envoyé à la presse. Les fonds ne tardèrent pas à arriver. Après s'être assuré des dispositions du gouvernement allemand, le Comité demanda au ministre de la guerre de Berlin et obtint des renseignements précis sur la situation des cimetières et un état des tombes dans cent vingt villes. Il put, dès lors, se mettre à l'œuvre. Il fut aidé par la *Société française de secours aux blessés* et aussi par la *Commission supérieure de répartition de secours aux familles des militaires et marins,* présidée par le ministre des finances. Il rencontra en Allemagne d'universelles sympathies, même de la part

2

des autorités civiles, qui voulurent bien surveiller elles-
mêmes, en plusieurs endroits, les travaux des monuments et
d'appropriation des tombes.

ÉTAT DES SÉPULTURES DES PRISONNIERS. — En général, les
morts avaient été inhumés dans les cimetières communs des
villes; le plus souvent, on leur avait affecté un terrain à
part, ce qui permettait d'ériger les monuments dans le
milieu même des cimetières. Dans les villes qui possédaient
des cimetières de garnison, un emplacement y avait été destiné à nos hommes. Dans les camps où nos soldats avaient
été internés, comme à Jüterbock, Lokstaedter-Heide, Colberg, etc., les morts avaient été inhumés en rase campagne;
il fallait établir là, outre les mausolées, des clôtures solides.

PROGRAMME DU COMITÉ. — D'accord avec la *Société française de secours aux blessés*, le Comité décida que les monuments seraient très modestes, qu'il ne ferait des dépenses
plus considérables que sur la volonté expresse des souscripteurs particuliers et si l'importance des cimetières et le
nombre des décès le commandaient. Les monuments devaient
être toujours en pierre solide, quelquefois en marbre, rarement en fer, et composés de deux marches, d'un piédestal et
d'une croix. Les inscriptions seraient presque partout iden-
tiques :

*A la mémoire des soldats français
Décédés en 1870-1871. R. I. P.
Nunc meliorem patriam appetunt.
Érigé par leurs compatriotes ;*

ou : *Erexit matris patriæ pietas ;*

ou : *Erexit patria mœrens.*

Dans les villes où le nombre des défunts serait restreint,
on ferait graver leurs noms sur les monuments. Les cimetières où ne reposait même qu'un soldat auraient un mausolée.

MONUMENTS LES PLUS IMPORTANTS. — Parmi les mausolées
les plus remarquables, je citerai ceux de Rastadt, de Munich,
Dillingen, Glogau, Leipzig, qui est d'une splendeur sans
égale, et enfin celui de Cologne.

MONUMENT DE COLOGNE. — Le monument funéraire élevé
dans le cimetière de Cologne (voir planche LXXXV), qui ren-
ferme les dépouilles mortelles de 860 militaires, est formé
d'une stèle composée d'un socle posé sur une marche en
pierre et terminé par un fronton circulaire supportant une
croix. Les angles du socle sont formés de chapiteaux sur
lesquels on a sculpté des emblèmes militaires. Au milieu, on
a gravé sur une plaque la dédicace ordinaire. La frise porte
l'inscription : *Érigé par leurs compatriotes*. Tout autour sont
plantés des arbustes et des fleurs.

APPRÉCIATION DE L'ŒUVRE PAR LES ALLEMANDS. — Cette
Œuvre des Tombes a excité l'admiration dans toute l'Allemagne. On en trouve la preuve dans une correspondance
publiée par la *Kœlnische Volkszeitung*, dans son numéro du
15 août 1872.

« La touchante sollicitude de la France envers ses quatre
cent mille soldats prisonniers en Allemagne en 1870-1871
était, dit ce journal, vraiment sans exemple dans les annales
des nations ; mais le soin qu'elle prend pour honorer la
mémoire de ses guerriers qui ont succombé chez nous, nous
pénètre d'une estime encore plus profonde.

« Le nombre des villes où ses soldats succombèrent s'élève à
plus de deux cents. Malgré cela, elle a trouvé le moyen de
soigner convenablement leurs tombes et d'y faire ériger partout un mausolée, consistant en un socle et une croix monumentale en pierre solide, et quelquefois en marbre. Elle a
constitué dans ce but un Comité, et le R. P. Joseph, qui
s'est rendu célèbre en Allemagne par sa mission bienfaisante
auprès des soldats, a pris la direction de ces immenses travaux. Naguère, il traversait toutes nos villes d'Allemagne,
accompagné de M. Valois, archiprêtre de la cathédrale de

Nevers, pour presser l'exécution des travaux et solder les dépenses, qui seront considérables.

« Il paraît que des ressources ont été recueillies en si grande abondance, que l'on ne saurait trop admirer une nation qui, malgré ses ruines, est capable de pareils sacrifices pour ceux de ses fils qui ont succombé. »

FONDATION D'ANNIVERSAIRES. — Enfin, le Comité a fondé à perpétuité un grand nombre de services anniversaires dans les centres les plus importants de l'Allemagne.

ENTRETIEN DES MONUMENTS PAR LES MUNICIPALITÉS. — Après l'achèvement des travaux, un décret de l'empereur d'Allemagne a mis à la charge des municipalités l'entretien des monuments et des tombes de nos soldats. Leur conservation est donc assurée. Ce résultat consolant sera vivement ressenti par l'armée et les familles.

EXTRAITS MORTUAIRES LEVÉS PAR L'ŒUVRE DES TOMBES. — L'Œuvre des Tombes a encore rendu au pays un autre service important. Le ministre de la guerre l'ayant chargée d'établir le relevé exact des actes de décès de nos soldats morts en captivité, elle a réussi, à travers de grandes difficultés, à réunir 18,500 extraits mortuaires, c'est-à-dire la presque totalité.

CHAPITRE III

DES SÉPULTURES FRANÇAISES EN ALSACE-LORRAINE

ANNIVERSAIRES FONDÉS ET MONUMENTS ÉRIGÉS EN ALSACE-LORRAINE. — Le Comité a aussi étendu son action en Alsace-Lorraine. Il a fondé des anniversaires qui seront célébrés à perpétuité, le 6 août de chaque année, en mémoire de la

sanglante bataille de 1870, Wœrth, Frœschwiller, Reichshoffen, Morsbronn, Niederbronn, Eberbach et Gunsteld. Il a
érigé des monuments funéraires sur tous les points du vaste
champ de bataille de Wœrth, Frœschwiller, Reichshoffen,
sur la tombe des officiers des régiments de tirailleurs inhumés ensemble près du bois pris par les Bavarois; sur la
tombe des soldats tirailleurs qui succombèrent à la hauteur
de ce même bois, au pied de la cabane dite des *Turcos;* dans
le cimetière de Niederbronn, au lieu où furent enterrées les
victimes mortes dans les ambulances et celles tuées pendant
la retraite de l'armée; dans le cimetière de Morsbronn, à
l'endroit où furent enterrés 400 cuirassiers.

Je mentionnerai en particulier trois monuments qui sont
reproduits sur la planche LXXXIV.

MONUMENT DES CUIRASSIERS DE REICHSHOFFEN.— Le premier
est celui qui a été érigé sur les hauteurs de Morsbronn, au
lieu où s'effectua la célèbre charge dite des cuirassiers de
Reichshoffen. Il est formé d'une pyramide, surmontée d'une
croix latine et posée sur un piédestal élevé de deux marches.
Une couronne d'immortelles et des palmes sont sculptées au
sommet de la colonne, au-dessus de l'inscription : *Aux cuirassiers dits de Reichshoffen.* Le socle est orné de trophées
militaires rappelant l'armement d'un cuirassier, et au-dessous
on lit les inscriptions : *Militibus gallis hic interemptis die
VI augusti 1870. — Defuncti adhuc loquuntur. — Erexit
patria mœrens.*

MONUMENT DE WŒRTH. — Des bornes portant des chaînes
entourent le monument.

A l'entrée de Wœrth, près de la fosse commune où reposent environ 800 soldats, un membre du Comité des
Tombes, M. Saint-Pierre, a fait élever un mausolée formé
d'une pyramide portant une croix et posée entre les frontons d'un socle quadrangulaire. On y lit l'inscription : *Aux
soldats français tombés à Wœrth le 6 août 1870.*

MONUMENT DE NIEDERBRONN. — Enfin, les habitants de Niederbronn ont placé sur la tombe du cimetière une grande pierre surmontée d'une croix et une plaque portant : *A la mémoire des soldats français morts de blessures reçues à la bataille de Frœschwiller le 6 août 1870.*

MONUMENTS DE METZ, STRASBOURG. — Des monuments ont aussi été élevés à Strasbourg et à Metz, en dehors de l'Œuvre des Tombes.

Celui de Strasbourg est établi, aux frais de différents sous-cripteurs, dans le jardin botanique, à la mémoire des victimes militaires et civiles du siège, qui y sont enterrées presque en totalité.

Le mausolée élevé dans le cimetière de Metz, où reposent les 8,000 victimes du siège, représente une immense colonne dressée sur un grand nombre de cercueils en granit. On lit sur le devant : *Metz, 1870. Aux soldats français morts sous ses murs pour la patrie. — Les femmes de Metz à ceux qu'elles ont soignés.* Sur les côtés, au-dessous de citations bibliques, sont gravés les noms et les dates des batailles livrées : *Borny, 4 août 1870. — Gravelotte, 16 août 1870. — Saint-Privat, 18 août 1870. — Sainte-Barbe, 1ᵉʳ septembre 1870. — Peltre, 27 novembre 1870. — Ladonchamp, 7 octobre 1870.*

CHAPITRE IV

DES SÉPULTURES FRANÇAISES EN SUISSE

J'ai encore à vous signaler, monsieur le Président, ce qui a été fait en Suisse pour l'armée de l'Est.

Tout le monde sait avec quel empressement sympathique nos soldats ont été accueillis dans ce pays hospitalier. Le Comité fondé dans ce but à Genève, par Mᵍʳ Mermillod, a fait des prodiges de charité. Ce prélat, usant de sa haute situation pour recueillir des secours, réussit à envoyer des subsides dans toutes les villes et hameaux qui avaient accueilli nos internés. Ces bienfaits, ce généreux évêque les continua jusqu'à ce que le dernier blessé français eût quitté le sol helvétique.

TOMBES ET MONUMENTS. — Cette sollicitude, qu'il importe de ne pas vouer au silence de l'oubli, s'étendit, après le départ de nos soldats, à la mémoire de ceux qui succombèrent sur le territoire suisse, et rien ne démontre plus éloquemment, de la part des habitants, leur respect pour des vaincus et leur compassion pour des victimes, que les honneurs qu'ils décernèrent à leurs tombeaux.

Plus de 3,000 hommes moururent des suites du froid, des privations ou des blessures. Ils étaient disséminés dans les moindres villages, et partout on accorda à leur sépulture les honneurs que méritent les défenseurs de la patrie. Ce premier hommage rendu, on se mit généralement en devoir, après le rapatriement, de marquer d'un signe chrétien ou d'un monument la terre qui avait reçu leurs dépouilles mortelles.

LOCALITÉS OU DES MONUMENTS ONT ÉTÉ ÉDIFIÉS. — Je citerai, entre autres villes : Fribourg, Hauterive, Neuchâtel, Bienne, Lausanne, Romont, Bulle, Interlaken, Thoun, Soleure, Porrentruy, Delémont, Morges, Einsiedlen, Schvytz, Zoug, Lucerne, etc., etc.... Dans les villages où des mausolées n'ont pas été érigés, on y a suppléé par des croix, souvent en fer, portant les noms des défunts ; elles sont entretenues soigneusement, à l'égal des autres sépultures.

Tous ces monuments ont été érigés soit aux frais des municipalités, soit par des souscriptions particulières, que les pauvres et les riches couvraient avec empressement.

MONUMENTS DE BILLENS ET GENÈVE. — L'Œuvre des Tombes n'a été appelée à pourvoir qu'aux frais de deux monuments :

l'un dans la commune de Billens *(canton de Fribourg)* ; il consiste en une croix monumentale qui a été érigée avec une grande solennité ; l'autre à Genève, consistant en une table commémorative en marbre noir placée dans la chapelle du cimetière, et sur laquelle sont gravés en lettres d'or les noms des onze soldats morts dans cette ville.

MONUMENT DE BALE. — A Bâle, la Société de secours aux prisonniers a fait ériger, sur chacune des tombes des 21 soldats qui ont succombé dans les ambulances de cette ville, un monument modeste en pierre, couronné d'une croix de fer avec trophées militaires.

CHAPITRE V

ANNIVERSAIRES FONDÉS EN FRANCE PAR L'ŒUVRE DES TOMBES

J'ai déjà signalé le concours que l'Œuvre des Tombes des soldats français morts en captivité prêta au comité sectionnaire de Saint-Denis de la Société de secours aux blessés, lorsque le président de ce comité, M. Hippolyte Salle, entreprit l'érection de monuments funéraires sur les sépultures des militaires et marins morts autour de Saint-Denis. C'est à partir de ce moment que l'Œuvre des Tombes commença à fonctionner en France (1).

(1) A la page 219 de son rapport, M. de Marcère dit que la Société de secours aux blessés de Saint-Denis a fait ériger à La Courneuve, sur la sépulture de 37 soldats tués au combat du Bourget, un monument en granit de Belgique et de Cherbourg, formé d'une croix placée sur un piédestal surhaussé de deux marches. On lit sur une plaque du piédestal : « A la mémoire des soldats français tués au combat du Bourget le 21 décembre 1870. *Et nunc meliorem patriam appetunt.* » Sur une autre plaque : « Monument élevé par leurs compagnons d'armes, les habitants

Après avoir fondé des anniversaires à perpétuité dans les villages du Bourget, de la Courneuve, d'Epinay-sur-Seine et de Stains, le Comité ne tarda pas à s'unir à celui qui s'était constitué en vue de recueillir les fonds nécessaires pour la reconstruction de l'église de Bazeilles, et à ouvrir une sous cription dans toute la France.

Les ministres de la guerre et de la marine accordèrent leur patronage à cette œuvre. Les promoteurs se proposaient : 1° de reconstruire l'église de Bazeilles, détruite par l'invasion, et d'annexer une crypte où seraient déposés les restes de nos soldats tués sur le territoire de la commune ; 2° de faire élever, sur tous les points du sol français où se feraient les exhumations prescrites par la loi du 4 avril 1873, des croix en pierre indiquant les sépultures communes et, autant que possible, les numéros des régiments, le combat ou le fait d'armes à la suite duquel les militaires auraient succombé ; 3° de fonder des anniversaires à perpétuité.

Mais déjà mon administration avait entrepris la construction de monuments funéraires et de cryptes. J'amenai le Comité à restreindre son entreprise à la construction de l'église de Bazeilles et à la fondation d'anniversaires. Les promoteurs modifièrent leur programme et adressèrent de nouveaux appels de fonds. L'Œuvre des Tombes continue encore à recevoir des souscriptions.

Elle a fondé des anniversaires à Lille, Douai, Bazeilles, Mars-la-Tour, Montbéliard, Nuits, Brévilly, Chevilly, Lagny, Gagny, Champigny, l'Hay, Charenton, Villiers, Vanves, Saint-Denis, Saint-Cloud, Paris (cimetières du Père-Lachaise, de Montmartre et de Montparnasse), Nevers, Cette, Montpellier, Privas, Nimes, Béziers, etc., etc.

---

de la commune, l'Œuvre des Prières et des Tombes et le Comité sectionnaire de Saint-Denis de la Société de secours aux blessés. » Sur les deux autres plaques sont gravés les noms des morts et ceux des régiments auxquels ils appartenaient.

Ce monument rappelle ceux que l'Œuvre des Tombes a construits en Allemagne sur les sépultures de nos prisonniers.

II.

EXTRAITS

DU LIVRE : LA CROIX ROUGE DE FRANCE

PAR M. MAXIME DU CAMP (1)

————

, Ainsi l'on avait ramassé les blessés sur les champs de bataille de la guerre étrangère et de la guerre civile, on les avait soignés dans les ambulances et dans les hôpitaux; ceux qui restaient encore dans les lazarets d'Allemagne avaient été rapatriés; on avait fait tout son devoir, et cependant notre Société de secours,—notre Croix Rouge, — s'imposa une nouvelle tâche; elle pensa aux morts.

> Ceux qui pieusement sont morts pour la patrie
> Ont droit qu'à leur cercueil la foule vienne et prie.

Elle s'en souvint et regarda du côté des pays de captivité, où tant de nos compatriotes dormaient pour toujours. Elle voulut honorer leur mémoire et leur donner un tombeau. Elle nomma une commission, vota une somme de 50,000 francs et se mit en rapport à cet égard avec le ministre de la guerre, qui offrit spontanément de concourir, pour une somme égale, à cet acte sacré.

La Société était sur le point d'entamer des négociations avec le gouvernement allemand, lorsqu'elle apprit que deux comités, déjà organisés dans une intention analogue, fonctionnaient, l'un à Cette, sous la présidence de M. de Saint-Pierre, l'autre à Paris, sous la direction énergique du R. P. Joseph, aumônier. L'appel fait à la générosité publique par ces hommes de bien n'avait

(1) Ch. v, p. 91 à 97.

trouvé qu'un faible écho dans la population épuisée par les sacrifices, ruinée par la guerre et fléchissant sous le poids des impôts que nécessitait l'indemnité stipulée par le traité de Francfort.

La souscription ouverte dans les journaux ne recueillit qu'une somme insuffisante : 15.484 fr. 25. En y ajoutant les collectes faites par des groupes militaires, par M. Wurtz pour Leipzig, par M. Dupetit-Thouars pour Rastadt, par les Strasbourgeois pour Lechfeld, on arrivait à un total de 25,319 francs, qui n'était point en rapport avec les exigences de l'œuvre entreprise. On fusionna, comme dit le langage des compagnies industrielles.

La Société de secours s'entendit avec les deux comités et promit son assistance pécuniaire, le gouvernement en fit autant, et le R. P. Joseph resta chargé de la mission patriotique et religieuse à laquelle il se consacra avec un dévouement exemplaire. Il partit pour l'Allemagne, où il trouva, près des autorités, près des particuliers, un empressement auquel il a rendu justice. Parfois même il a rencontré plus que du bon vouloir, et il put recueillir des témoignages spontanés de sympathie que l'on ne ménageait pas aux efforts que la France faisait afin d'honorer la mémoire de ses enfants tombés pour l'amour d'elle.

Le curé Plank, de Freising, en Bavière, lui écrivait : « J'éprouve une joie extrême du soin que vous prenez pour la mémoire de vos morts; j'admire l'intarissable générosité de votre pays qui a tant fait pour ses soldats, qu'aucun, parmi les internés de ma paroisse, n'a été dans le besoin. Je crois qu'il n'y a pas au monde une nation qui donne l'exemple de pareils sacrifices. Dieu le rendra à la France en lui restituant son ancienne renommée. »

Mgr l'évêque Namzanowski, prévôt général des armées allemandes, lui disait : « La France est toujours elle-même; vous faites là une œuvre digne de toute admiration. Pour faire de telles choses, il faut croire à Dieu et à l'immortalité de l'âme : un peuple qui garde ses convictions ne saurait périr. » Aveu précieux à relever et arraché par l'évidence même à ceux qui, la veille encore, étaient nos ennemis. Dans plus d'un endroit, le R. P. Joseph eut à constater le dévouement dont nos pauvres soldats prisonniers avaient été l'objet. Parmi les faits qu'il cite, je n'en retiendrai qu'un seul.

Mille hommes de l'armée que les troupes allemandes tenaient bloquée autour de Metz avaient, après la capitulation du 27 octobre, été internés à Schneidemuhl. L'hiver est dur et précoce dans le duché de Posen, et nos soldats eurent à en souffrir; « malgré leur effrayant épuisement, suite naturelle de ce douloureux siège, malgré l'épidémie de la variole, malgré les rigueurs excessives de l'hiver du Nord et la pénurie des vêtements, trois hommes seulement ont succombé. L'honneur et le mérite de ce résultat, tout à fait extraordinaire, sont dus entièrement aux soins du docteur Schirmer, à sa bonté, à sa charité pour sauver ces malheureux. Il a eu à soigner jusqu'à cinq cents malades à la fois; jour et nuit son dévouement ne s'est pas démenti. La France et les familles lui doivent la vie de plusieurs centaines de soldats. »

Aux ambulances de Metz et de Vendôme, les Allemands blessés et prisonniers pleuraient de reconnaissance en baisant les mains de Mme Coralie Cahen, notre compatriote, qui, s'étant improvisée infirmière, s'efforçait de leur faire oublier leurs souffrances et la patrie absente. Je regrette que, chez les deux nations rivales, on n'ait pas recueilli tant de faits de compassion, de piété humaine, qui sont restés inconnus et qui seraient la meilleure des prédications en faveur de la concorde. Hélas! il faut faire trêve aux rêveries, car l'aurore de la paix universelle ne semble pas près de se lever à l'horizon.

Le R. P. Joseph n'eut point à faire un voyage d'exploration préalable; tous renseignements lui furent fournis de Berlin par le ministre de la guerre, qui envoya des instructions aux autorités locales. Les prisonniers français ont littéralement encombré l'Allemagne; on les avait disséminés dans deux cent quarante-quatre villes, dont trente-huit n'eurent point de décès à constater ; dans quarante-huit, les officiers et les soldats, récoltant des souscriptions au cours de leur captivité, firent élever un monument commémoratif en l'honneur de ceux d'entre eux qui avaient succombé.

Le R. P. Joseph a constaté que nos soldats morts en Allemagne avaient été inhumés dans un terrain particulier, pris sur le cimetière commun ; que dans les villes possédant un cimetière de garnison, on leur y avait réservé un emplacement spécial ; enfin, que dans les camps où les prisonniers avaient été internés, comme à Jüterbock, à Colberg, etc., on les avait enterrés en rase campagne. Il a remarqué en outre que, dans beaucoup de cimetières, les tombes « des Français » étaient convenablement entretenues, et qu'au 2 novembre, jour des Trépassés, elles étaient ornées de feuillages.

A Parchim, en Mecklembourg, une veuve s'était chargée de pourvoir au bon état des sépultures de nos compatriotes, en reconnaissance des soins qu'un prêtre français prenait du tombeau de son fils, tué sur notre territoire pendant la guerre. Le R. P. Joseph termina promptement son inspection, de laquelle il résultait que dans cinquante-huit villes les restes de nos soldats n'étaient désignés par aucun monument. Il y pourvut ; grâce à lui, grâce à l'aide matérielle que lui prêta la Société de secours aux blessés, les 17,240 enfants de la France que nous avons perdus en Allemagne sont ensépulturés, ainsi que le disait le vieil Amyot, et honorés comme des braves qu'ils ont été.

Le monument élevé à leur mémoire a été plus ou moins imposant, selon le nombre des morts qu'il recouvre ; parfois ce n'est qu'une simple pierre avec un seul nom, celui du soldat qui se repose là du tumulte des batailles. Partout l'inscription est identique : « A la mémoire des soldats français décédés en 1870-1871. *R. I. P. Nunc meliorem patriam appetunt*; érigé par leurs compatriotes. » — Près des camps, dans les landes où, faute de cimetières, l'on déposa ceux que la mort avait appelés; des clôtures furent établies, qui délimitèrent l'enceinte du champ funèbre et l'isolèrent pour le mieux protéger. Ces tombes subsistent; elles ne sont point abandonnées; il en est plus d'une que j'ai visitée; on les respecte, et parfois j'y ai vu un bouquet de fleurs fraîchement cueillies, mêlé à des couronnes que le temps avait desséchées.

Il me semble que le culte des morts, compris de la sorte et en de telles circonstances, dénonce l'inanité des querelles et condamne la férocité des combats. Ce n'est pas tout : dans cinquante-deux villes, des anniversaires de prières ont été fondés à perpétuité pour nos soldats morts sur le sol allemand. Près de 80,000 francs furent consacrés à cette œuvre pie, dont la totalité fut fournie, en fractions à peu près égales, par les souscriptions individuelles, par le gouvernement français et par la Société de secours aux blessés,

Notre Société de la Croix Rouge avait bien mérité de l'humanité; elle s'était prodiguée pendant la guerre; elle n'avait point déserté son poste devant les sacrilèges de la Commune; elle avait été chercher ses blessés dans les hôpitaux étrangers, où ils languissaient encore; elle avait aidé, dans de larges proportions, à élever sur la terre de captivité des tombes à ceux qui ne devaient point revoir leur patrie.

Elle avait rempli sa tâche avec intelligence et dévouement, comme une bonne mère qui s'empresse autour de ses fils malheureux. Sans elle, nos pertes, déjà si douloureuses, eussent été plus terribles encore. Elle pouvait croire qu'elle était quitte envers ce que sa conscience lui avait ordonné. Il n'en fut rien. Il lui sembla qu'une cérémonie solennelle devait unir tous les cœurs français dans une pensée commune, et que ceux qui étaient vaillamment tombés pour la défense du pays avaient droit à un hommage public. Un service funèbre, où le catholicisme déploya toutes ses pompes, fut célébré à Notre-Dame par les soins de la Société de secours. Le général de Cissey, l'amiral Pothuau, M. Jules Simon, ministres de la guerre, de la marine et de l'instruction publique, des députations de l'Assemblée nationale, le maréchal de Mac-Mahon, le grand chancelier de la Légion d'honneur, le gouverneur des Invalides, des délégués des grands corps de l'Etat, des sous-officiers représentant toutes les armes de l'armée, assistèrent à cette commémoration et écoutèrent l'oraison funèbre que prononça le R. P. Félix. Le prêtre fut éloquent, et, se rendant l'interprète d'un sentiment unanime, il remercia, au nom de la France, la Société de secours aux blessés du bien qu'elle avait fait.

III.

EXTRAIT

DE LA CAPTIVITÉ A ULM

PAR LE. R. P. JOSEPH

L'ŒUVRE DES TOMBES ET DES PRIÈRES POUR LES SOLDATS MORTS EN CAPTIVITÉ

J'avoue simplement que cette grande œuvre a été l'accomplissement d'un devoir de stricte justice. C'est bien le moins de consacrer un signe chrétien à la tombe du soldat qui donne sa vie pour son pays et de lui laisser une prière qui rappelle que la religion et la patrie savent reconnaître les services rendus.

J'ajouterai qu'au point de vue de la décence, c'était une question d'honneur national. Dans quelques villes, nos soldats avaient été inhumés dans un coin spécial des cimetières publics; leurs tombes ont été rarement confondues avec celles des habitants, et, aux lieux où des croix de bois avaient marqué les sépultures, car il n'en a pas été placé partout, ce signe fragile ne tarderait pas à disparaître et rien ne marquerait désormais la tombe du pauvre exilé. Mais en beaucoup d'endroits, comme à Jüterbock, Lokstaedter-Heide, Colberg, Dantzig, etc., nos morts ont été déposés en rase campagne, et dans ce cas il convenait d'établir, outre les mausolées, des clôtures durables. A cet égard, M. l'aumônier militaire Frintrup, à Altona, m'écrivait : « Vos soldats ont été internés ici dans des baraques, au milieu de landes immenses, et vos

CIMETIÈRE D'ULM

morts furent inhumés *en rase campagne;* leurs tombes offraient à l'œil un triste et douleureux spectacle! Votre Œuvre a tout transformé : une clôture a été établie autour des tombes, j'ai fait planter une haie vive avec des rangées de platanes, et le monument chrétien a été érigé au centre. Toutes ces dispositions diront aux générations à venir les respects de la France croyante pour ses morts. »

Qui ne voit ici que nous avons répondu surtout à un double sentiment de reconnaissance et de respect?

Chez tous les peuples anciens, l'apothéose au tombeau des guerriers n'était qu'un symbole des gloires qui accueillent sur le seuil de l'éternité le brave qui a défendu son pays; chez les chrétiens, l'honneur des sépultures n'est qu'un acte de foi à l'immortalité des âmes; garder ce sentiment dans l'âme du soldat, c'est alimenter la source du sacrifice et de la bravoure nécessaires à son rude métier.

Donc, acquitter une dette envers les morts, enseigner les vivants, telle est la pensée qui a inspiré l'Œuvre des Tombes et des Prières. Et ce n'est pas sans émotion qu'arrivé à Berlin, en 1872, pour entreprendre ces vastes travaux, j'entendis le prévôt général des armées allemandes, Mgr l'évêque Namzanowski, dont le concours était nécessaire, me dire :

« La France est toujours elle-même; vous faites là une œuvre digne de toute admiration. Pour entreprendre de telles choses, il faut croire à Dieu, à la résurrection de la chair, à l'immortalité des âmes, et le peuple qui garde ces convictions ne saurait périr. »

MM. les aumôniers militaires le comprennent : il faut avoir vécu, comme eux, dans ces sombres et froides prisons d'Allemagne, il faut avoir assisté à l'agonie de ces héroïques jeunes gens disposés au sacrifice de la vie pour leur pays, mais qui ne pouvaient se résigner à mourir sur la terre étrangère, pour proclamer que ces hommes qui avaient tout donné à leur patrie méritaient d'elle *une pierre et une prière,* — une pierre qui rappelle la France, une prière qui parle d'eux et pour eux au trône de Dieu.

Les prêtres allemands qui avaient assisté nos soldats furent émus eux-mêmes de cette pensée.

M. le curé Munch, de Schwetzingen, disait : « Soyez bénis d'avoir pensé à vos soldats inhumés dans ma paroisse ! Pas une croix de bois n'indiquait qu'il y avait là des guerriers français ; ils étaient cependant dignes d'un souvenir, car tous sont morts de leurs blessures et avec la plus admirable patience. Votre Œuvre est d'un bon exemple et fait honneur à la France. »

M. le curé Planck, de Freisingen, m'écrivait : « J'éprouve une joie extrême du soin que vous prenez pour la mémoire de vos morts ; j'admire la générosité intarissable de votre pays, et je ne crois pas qu'il y ait au monde une nation qui donne l'exemple de pareils sacrifices. Dieu le rendra à la France, en lui restituant son antique renommée. »

Mais, il faut bien le dire, nos soldats n'étaient pas les moins fervents pour l'Œuvre ! Combien je fus ému un jour, lorsque, à la veille de son rapatriement, un de nos captifs vint me dire : « Monsieur l'Aumônier, nous rentrons au pays ; je n'ai plus que vingt-cinq centimes : prenez-les pour mettre une croix sur la tombe des camarades. »

Cet hommage était rendu jusque dans les moindres villages où nos soldats avaient été disséminés.

A Landshut, les survivants n'avaient pas d'argent, et il fallait un monument aux chers morts ! Comment faire ? Le troupier français n'est jamais embarrassé : on adresse une pétition en règle à la municipalité allemande, pour obtenir quoi ? Une pierre ! Elle est accordée....

Grande joie dans les cachots ! On réquisitionne les tailleurs de pierre de la section, et le monument est élevé avec moulures et inscriptions. Je l'ai vue, cette pierre, et en présence de cette relique du respect des victimes tombées et de la confraternité des armes, je n'ai pu m'empêcher de pleurer...

Et voilà qui proteste contre les décevantes doctrines du matérialisme. « Le respect de la mort n'est fondé que sur l'immortalité même : celui qui se découvre devant le cadavre salue l'âme vivante ailleurs. Celui qui s'incline devant un cercueil ne s'agenouille pas devant la cendre froide du passé, mais devant Dieu, dont le souffle puissant lui réserve la résurrection de l'avenir. La chair morte et les ossements desséchés sont respectables, parce qu'ils sont le foyer mystérieux de ce qui doit revivre. Otez cette croyance, l'homme et l'animal se valent dans la mort : vous en serez pour vos frais de respect et vous perdrez votre temps à suivre une dépouille qui ne vaut pas mieux que le ver dont elle sera dévorée demain. »

Telle est l'origine de l'Œuvre des Tombes, qui a érigé cent quatre-vingt-dix monuments jusque dans les points les plus obscurs de l'Allemagne, qui a fondé aux lieux où ont succombé nos soldats soixante-dix anniversaires de messes à perpétuité, et dont le grand Evêque d'Orléans, Mgr Dupanloup, qui vient de tomber sur la brèche, indiquait le haut caractère par ces paroles : « *Votre Œuvre est patriotique et religieuse ; elle ne sera comprise que par les intelligences élevées, et elles ne vous manquent pas.* »

A Ulm et Neu-Ulm, nos soldats ont prélevé une obole sur leur pain de munition, et cet acte de piété a été accompli dans cinquante villes de Prusse (1).

---

(1) Noms des villes où des monuments ont été érigés, en totalité ou partiellement, par les souscriptions des officiers et des soldats français.

Ansbach, Altdamm, Breslau, Cottbus, Colberg, Dürlesbach ou Weingarten, Dusseldorf, Dessau, Dillingen, Friedberg, Glogau, Glætz, Hamburg, Heiligenstadt, Jüterbock, Krekow, Landshut, Landsberg, Munich, Mayence, Minden, Magdeburg, Münster, Marienburg, Neckermünd, Oberinglheim, Prentzlau, Quedlinburg, Reuss, Rastadt, Sieburg, Sainte-Adélaïde, Stettin, Stindal, Stralsund, Tangermund, Torgau, Ulm, Wittemberg, Wismar, Halle, Thorn, Neustadt, Weissenfels, Neu-Ulm, Neiss, Ronneburg, Neustrelitz.

N. B. — Dans quelques villes, comme Stuttgard et Geismar, les noms des Français ayant été gravés sur les monuments allemands, les autorités n'ont pas autorisé un mausolée à part.

Afin d'agir avec efficacité, il fallait les bénédictions de l'Eglise, un comité organisateur, des fonds suffisants.

L'Œuvre des Tombes et des Prières, qui a reçu les encouragements et les bénédictions de notre vénéré Pontife Pie IX (1), a été approuvée par LL. EE. le cardinal Donnet, archevêque de Bordeaux, le cardinal Guibert, de Paris, et le cardinal Mathieu, de Besançon; par NN. SS. les archevêques de Cambrai, d'Aix, d'Angers, de Bourges, de Reims, d'Auch, d'Albi, de Perpignan, d'Orléans, du Mans, du Puy, de Rodez, de Verdun, de Saint-Claude, de Mende, de Carcassonne, de Montpellier, de Nîmes, de Nevers, de Troyes, de Vannes, et par les Prélats réguliers de Saint-Michel de Prémontré, d'Aiguebelle et de Mortagne.

Le comité lui-même était naturellement indiqué dans les rangs de ces vaillants Français dont la charité et le dévouement avaient été d'un si haut prix pour le soulagement des infortunes de la captivité. Nous citons, au premier rang : notre infatigable collaborateur, M. Charles Saint-Pierre; M. le vice-amiral du Petit-Thouars, à qui nous n'avons rendu que justice dans les pages qui précèdent; MM. le comte Sérurier, le vicomte de Melun et le colonel Huber-Saladin, représentant la Société de secours *aux blessés;* MM. Poussielgue, Albert Roland, René de Saint-Mauris, dont le concours nous a été si utile; le R. P. Hermann, des prémontrés de Saint-Michel, près Tarascon-sur-Rhône, dont l'abbaye reproduit au xix⁰ siècle les services antiques des grands ordres monastiques.

En Allemagne, nous avons acquis pour l'exécution matérielle de l'Œuvre : le R. P. Bigot, de la congrégation du Saint-Esprit et notre collègue pendant la captivité; M. le doyen Dischinger, à Ulm; M. l'abbé Pothof, aumônier de S. M. le roi de Saxe, et la plupart de MM. les curés des villes où nos prisonniers sont morts.

(1) S. S. Pie IX a enrichi l'œuvre d'indulgences précieuses par un Bref en date du 10 avril 1877. S'adresser pour les détails à M. Charles Saint-Pierre, rue Basse, 6, Montpellier.

Plus tard, et après que l'œuvre eut atteint en Allemagne son parfait couronnement, nous eûmes la bonne fortune de compter parmi nos plus actifs collaborateurs : M. Hippolyte Salle, dont les banlieues de Saint-Denis, de la Courneuve, du Bourget, ont connu l'incomparable dévouement pendant le siège de Paris et le règne de la Commune. Nous renonçons d'ailleurs à raconter ses œuvres, enregistrées déjà au livre de vie; ce vaillant chrétien prit l'initiative dans l'établissement du monument de la Courneuve et la fondation *à perpétuité* des anniversaires de messes dans le diocèse de Paris.

Citons enfin le vénérable chanoine Valois, archiprêtre de la cathédrale de Nevers, dont ce diocèse pleure la perte, et qui a voulu devenir à ses frais notre compagnon et notre auxiliaire dans le long et laborieux voyage nécessité en Allemagne pour la surveillance et la réalisation de nos plans.

Tous ces efforts étaient concentrés sous le bienveillant patronage de Mgr de Ségur, l'apôtre ou le promoteur de presque toutes nos grandes œuvres religieuses et patriotiques dans ce siècle.

Il fallait des fonds suffisants.

Le gouvernement français, par l'organe de la Commission de répartition de secours aux familles des militaires et marins qui ont pris part à la dernière guerre, la Société française de secours aux blessés, qui s'est acquis des titres que tout le monde connaît à la reconnaissance publique, nous assurèrent des allocations qui couvrirent à peu près la moitié de la dépense, qui s'est élevée à environ 200,000 francs (1).

---

(1) Voir le rapport sur l'*Œuvre des Tombes*, publié le 30 septembre 1872, Bulletin n° 15 de la *Société de secours aux blessés*. Mais les travaux et les fondations exécutés depuis ont doublé les dépenses mentionnées; qui comprennent les frais causés par le relevé des actes de décès de nos prisonniers. Ce travail, qui nous fut demandé par M. le général de Cissey, ministre de la guerre, nous coûta une année de fatigues, de difficultés et de soucis; nous pûmes recueillir de la sorte environ 18,500 actes de décès,

Le reste a été recueilli par des souscriptions privées.

Dès le début, deux lettres précieuses venaient nous dire qu'il fallait aller de l'avant. Mgr Le Courtier, évêque de Montpellier, écrivait :

« Vous me faites l'honneur de me communiquer le religieux désir de nos chers prisonniers d'Allemagne, de ne pas quitter ce pays sans y élever un modeste monument à la mémoire de ceux qui n'auront pas le bonheur de revoir leur patrie,

» Et vous me demandez une parole qui assure le succès et la réalisation de cet appel dans le diocèse; cette parole, c'est mon cœur qui vous la dira.

» Touché au delà de tout ce que je puis dire d'une pensée aussi pieuse qu'émouvante, aussi fraternelle que patriotique, je bénis cette Œuvre; j'appelle autour d'elle les offrandes de mon clergé dévoué, de mon troupeau si généreux, et je vous prie de m'inscrire à la tête de vos listes de souscription.

» † François, évêque de Montpellier. »

Mgr Mermillod, président du Comité de secours aux prisonniers, à Genève, daignait nous écrire de son côté :

« Mon cher Père, après vous être épuisé comme un vaillant et infatigable apôtre au service des soldats français en Allemagne, vous ne songez pas au repos qui vous serait nécessaire, et vous ne pensez qu'à mettre un souvenir chrétien sur la tombe de ceux qui sont morts dans l'exil. J'admire votre foi, votre zèle, votre courage; je suis sûr qu'auprès de l'épiscopat, du clergé et des fidèles, votre projet rencontrera de généreuses sympathies. Que

---

c'est-à-dire un chiffre supérieur à celui qu'on avait obtenu par voie diplomatique; ce moyen permet au gouvernement de collationner et de connaître au juste le nombre des soldats morts en captivité; notre œuvre rendit par là aux familles un immense service dans les affaires compliquées d'hoirie, de partage, etc. ; et nous eûmes la consolation d'arrêter plus d'un procès en envoyant aux intéressés les actes authentiques qui nous étaient demandés directement.

Dieu protège votre entreprise, et recevez, cher ami, mes meilleures bénédictions.

» † GASPARD MERMILLOD, évêque. »

Mgr Ginouilhac, archevêque de Lyon, nous mandait :

« Non ! on ne saurait trop admirer votre noble projet d'étendre la maternelle charité de l'Eglise jusqu'à ces pauvres morts qui sont restés sur la terre étrangère. Pour ma part, je ne saurais assez vous exprimer la reconnaissance dont je suis pénétré... Permettez-moi, du moins, d'encourager vos efforts en vous adressant, dans ce but, la somme de 1,000 francs... »

Le Comité se mit donc à l'œuvre, et bien que l'article 16 du traité de Francfort stipulât : *que les deux gouvernements français et allemand s'engagent réciproquement à faire respecter et entretenir les tombeaux des soldats ensevelis sur leurs territoires respectifs,* nous crûmes devoir nous adresser au ministre de la guerre, à Berlin, afin d'obtenir des renseignements précis sur la situation des cimetières et lui notifier nos desseins. Le ministère nous envoya une liste sur l'état des tombes dans cent vingt villes, et il ne fit valoir aucune opposition à nos projets.

Malgré le concours désintéressé du clergé allemand, il fallut lutter en beaucoup de lieux contre des défiances injustifiables, des tiraillements de toutes sortes : notre patriotisme était mis en suspicion jusque dans l'accomplissement d'un devoir envers nos morts; « l'érection de ces monuments, disaient ces vrais Allemands, donnera lieu à des interprétations fâcheuses ! »

Citons quelques villes seulement, telles que Francfort-sur-le-Mein, hier ville *libre,* aujourd'hui plus prussienne que la Prusse, qui refusa le terrain pour un monument commun, que nous fîmes remplacer toutefois par un petit monument sur chacune des vingt et une tombes des soldats ensevelis dans son cimetière; Braunchsweig, Ludwigsburg, en Allemagne; Morsbronn et Woerth, localités

protestantes d'Alsace, qui avaient déjà oublié qu'elles
étaient françaises hier en nous faisant payer chèrement
les quelques mètres de terrain nécessaire à nos mausolées.

Sauf ces quelques exceptions, il convient d'être juste à
l'égard de toutes les autres villes, qui nous accordèrent
des concessions *gratuites et perpétuelles.*

Les cent mausolées que nous avions édifiés (1) consistent
en général en un socle en pierre dominé par une croix;
ils varient, pour le style et l'élévation, selon l'importance
des localités et le nombre des soldats ensevelis; ils portent
généralement cette inscription :

A LA MÉMOIRE DES SOLDATS FRANÇAIS
décédés en 1870-71.
R. I. P.

Et nunc meliorem Patriam appetunt (2).

La dédicace porte :

Erigé par leurs compatriotes,

ou

Erexit Patria mœrens (3).

On ne saurait d'ailleurs s'imaginer toutes les tristesses
semées sur ces tombes d'exilés. Que de fois elles m'ont
rappelé cette prière suprême d'un jeune agonisant: «Mon
Père, conduisez-moi sur la terre de France, à un pas
seulement de notre frontière, et je mourrai content. »

L'exil! Qui ne l'a pas souffert ne sait rien, et qui n'a pas
été appelé à entendre les frémissements du cœur des
exilés n'a rien entendu. L'exil! N'avoir plus le ciel qui
nous a vus enfants, ce sol qui a été notre berceau, cette
tombe qu'on espérait, ce toit qui a abrité nos jeunes
années, ces sites auxquels notre regard était accoutumé,
ces physionomies qui faisaient cortège à nos jeux et à nos

(1) Voir les noms des villes à l'appendice du livre : *La captivité à Ulm.*
(2) Ils ambitionnent maintenant une Patrie meilleure.
(3) Erigé par la Patrie en larmes.

sentiments; n'avoir plus cet air respirable! Car on trouve ailleurs que l'air n'est plus le même, que la lumière est autre, que les montagnes n'ont plus les mêmes dentelures, que le ciel n'a plus le même aspect. Le pauvre exilé, non seulement ce sont les choses matérielles qui lui manquent, mais ce sont les cœurs qu'il n'a plus, les cœurs qui ont formé les amitiés de sa vie.

Le pauvre exilé! Qu'il ait au moins une croix à sa tombe, et la patrie, dans ce qu'elle a de meilleur et de plus fondamental, sera refaite pour lui : *Ubi crux, ibi patria* (1).

C'est l'inscription que je vis gravée sur la tombe d'un pauvre Polonais; cet homme avait tout perdu, son foyer, sa famille, sa patrie; mais, par la croix, il lui restait quelque chose de tout cela : la foi de son enfance, la religion de ses pères : *Ubi crux, ibi patria.*

Oh! qu'il faut plaindre ceux qui n'ont pas de religion et dont l'âme ne sait plus s'élever à ces hauteurs!

Et, sur ces tombes sanctifiées de la sorte par le signe de la Rédemption, nous avons cueilli quelques fleurs; nous nous reprocherions de ne pas en faire aspirer le parfum au lecteur. Je les choisis çà et là dans mon journal :

A Erfurt, mes regards furent attirés par un modeste mausolée; il abritait les restes d'un ange de piété. Ce jeune soldat était le servant de messe du camp; chaque fois que le service divin y était célébré, il accourait d'une lieue, sans respect humain, et ne voulait céder à personne l'honneur de préparer l'autel et d'allumer les cierges. Sur la terre d'exil, c'était tout son bonheur.

Ce dévouement lui coûta la vie; il se refroidit un jour et mourut. Les habitants d'Erfurt lui élevèrent un monument, et des mains pieuses cultivent encore sur sa tombe bénie des fleurs qui rappellent le soldat chrétien : le lis, la rose, l'humble violette.

Dors en paix, soldat du Christ et de la France, et du

(1) Là où est la croix, là est la patrie.

haut de la vraie patrie, obtiens pour tes compagnons d'armes le mâle courage et la foi pratique qui engendrent l'esprit de sacrifice!

.*.

A Lichtenfels, un jeune Breton mourut de la variole; il avait tant édifié la ville que tous les habitants voulurent assister à ses obsèques. Un prince n'eût pas recueilli un triomphe comme celui qui a été décerné à ce pauvre vaincu, resté grand par sa valeur morale.

Quelques jours après mourut la religieuse qui avait pris la contagion en le soignant; elle fut ensevelie à côté de *son cher malade*. La croix que nous avons élevée là abrite l'ange consolateur et le vaillant soldat.

.*.

Nuremberg m'a révélé un magnifique témoignage de la confraternité des armes : avant de rentrer en France, nos survivants se sont cotisés pour faire célébrer un service solennel et laisser une couronne d'immortelles sur chaque tombe des camarades. Dieu vous rendra, mes amis, votre foi à l'immortalité.

.*.

Après la mort, plus de vengeance! A Francfort-sur-Oder, je remarque sur la tombe d'un officier allemand, tué en France et rapporté en son pays, une couronne de roses blanches et un vase rempli de ces délicieuses petites fleurs que nous appelons vulgairement des *penses-à-moi;* puis, à côté, sur la tombe d'un soldat français, je vois la même couronne et le même vase de fleurs. Qu'est-ce que cela? On me répond : C'est la mère de l'officier qui, en soignant les deux tombes, veut remplacer la mère de l'exilé! Que de délicatesses la charité inspire! Ce soldat s'appelait Claude Rosier; il était de Canteville (Vosges), et avait vingt-trois ans. Les saints ne souffrent pas avec plus de perfection que lui; les protestants étaient frappés de son éminente piété, et son lit de douleur était devenu une chaire où tous allaient s'édifier. Cette mère avait donc raison deux fois de semer des fleurs sur ce sépulcre d'un prédestiné.

*
* *

Dans ce même ordre de sentiments, à Parchim, les sept tombes de nos soldats furent admirablement ornées et soignées par une veuve, qui fit planter autour une haie d'acacias nains et des rosiers, en reconnaissance des soins qu'un prêtre français avait pris d'orner la tombe de son fils unique mort en France.

*
* *

A W..., un jeune prisonnier, en proie au plus violent désespoir, réussit à s'échapper de son cachot. Il se dirige sur la frontière; bientôt il se voit poursuivi. Arrivé au bord d'une rivière, il s'y jette; mais il est emporté par les glaçons et il meurt. Le corps fut bientôt recueilli, et le bon curé de la paroisse lui fit non seulement de solennelles funérailles, mais chaque année, depuis, il annonce, le jour de l'anniversaire, une messe de *Requiem* pour le malheureux exilé, et il m'a écrit qu'il serait fidèle à cette pratique jusqu'à son dernier soupir. Ce trait, ajouté à d'autres, atteste que la France catholique, sur le terrain de sa foi religieuse, rencontrait en Allemagne de nombreux amis, malgré les haines inséparables des luttes de peuple à peuple.

*
* *

Un autre soldat, Auguste Husson, du 14ᵉ chasseurs, de Gerviller (Meurthe), mérita une distinction de ce genre après sa mort. Le brave Lorrain avait su porter avec une noble dignité les revers de son pays; arrivé en captivité, il comprit que la grandeur d'âme ne consiste pas à irriter le vainqueur, que la résignation remplace avantageusement d'inutiles bravades; par sa docilité, sa soumission, sa bonne conduite, il sut gagner l'affection et les sympathies des chefs prussiens; il les utilisa pour secourir ses compagnons d'infortune, infirmes ou valides. Après s'être longtemps dévoué, il devait succomber à la peine; en comprimant les douleurs de son patriotisme, ce fils de la terre de Jeanne d'Arc avait hâté sa fin, et il mourut en vrai chrétien. Les autorités allemandes rendirent hommage à tant de vertus en lui élevant un monument funéraire et en prenant soin de sa tombe, à Ichtershauser.

Le courage chrétien d'un grand nombre de nos soldats en face de la mort obtint la grâce d'une admirable conversion.

A. C..., un médecin-major allemand, protestant ou plutôt rationaliste, témoignait un certain attrait d'assister à leur heure suprême. Il suivait, non sans émotion, l'action du prêtre qui leur conférait, avec les derniers sacrements, les consolations de la religion. Quelques mois après la guerre, le major arrive à Paris et rencontre inopinément un de nos aumôniers dans l'église Notre-Dame des Victoires. « Comment, c'est vous ! lui dit le prêtre, et que venez-vous faire en ce lieu? — J'ai le bonheur d'être catholique, dit le médecin, ce sont vos soldats mourants qui m'ont converti; en les voyant quitter la vie si chrétiennement, je me suis dit : *Une religion qui inspire de tels sentiments doit être la bonne;* après la captivité, j'ai voulu m'instruire, j'ai été convaincu et je suis venu remercier la sainte Vierge d'une grâce qui m'a fait trouver le bonheur ! »

Ajoutons quelques détails sur les principaux mausolées que nous avons érigés, comme un suprême souvenir de la Patrie française, sur les tombes des héros qui ont versé leur sang sur les champs de bataille de l'Alsace-Lorraine et dont le sacrifice, hélas ! n'a pu préserver de la mutilation nos deux plus belles provinces.

Notre monument le plus grandiose fut érigé sur les hauteurs de Morsbronn, au lieu même où luttèrent les cuirassiers dits de Reichshoffen, car ce n'est pas dans ce dernier village qu'eut lieu la terrible charge dont voici le récit :

» Pour le salut des débris de notre armée se trouvaient les 8ᵉ et 9ᵉ régiments de cuirassiers; ce sont eux qui vont couvrir la retraite, soutenus par un bataillon de turcos; il s'agit de charger à travers Morsbronn et de descendre comme une trombe humaine jusqu'au fond du vallon; dans le village, des milliers de Badois sont embusqués derrière les maisons; au delà, les cuirassiers se trouveront sous le feu de cinquante pièces de canon: c'est à la mort qu'ils vont marcher, ils le savent et ne frémissent point. L'heure est venue; leur chef échange avec le maréchal de Mac-Mahon un touchant et dernier adieu; ils s'élancent dans la fournaise. Dans leur course folle, ils traversent la grande rue de Morsbronn, en pente raide, décimés à bout portant par le feu qui sort des maisons, contre lesquelles ils piquent avec rage leurs lattes impuissantes; l'ennemi invisible les abat, mais leur cœur est intrépide. Au bas du village, ils se reforment sous la mitraille pour charger dans le fond du vallon. Alors commence cette folie sublime : déchirés par une pluie de fer, ils chargent dans les champs de lin où les chevaux disparaissent jusqu'au ventre; ils font des trouées dans les houblonnières où culbutent hommes et chevaux; ces géants remontent en selle; ils veulent, au prix de leur vie, sauver leur pays; ils chargent, ils chargent encore..... La retraite de l'armée est sauvée, mais les cuirassiers de Reichshoffen ne sont plus (1). »

Le monument a trente-trois pieds d'élévation; au-dessous de la pyramide, que domine la croix grecque, se trouve

(1) *De Frœschwiller à Paris.* Delmas.

en faisceau toute l'arme et l'équipement du cuirassier.
Sur la table de face on lit :

Militibus Gallis hic interemptis die VI. Augusti.
MDCCCLXX
Defuncti adhuc loquuntur.
Erexit Patria mœrens (1).

Sur les côtés sont marqués les numéros des régiments
qui ont donné dans la bataille.
Sur la table du fond, on lit encore :

Melius est nos pro Patria mori, quam videre mala gentis
nostræ et sanctorum (2).
(Machab.)

Au sommet de la pyramide, une couronne entrelacée
par une branche de laurier, avec l'inscription :

Aux Cuirassiers dits de Reichshoffen.
A. Ω.

Enfin le monogramme du Christ avec l'alpha et l'oméga.
Ce monument est justifié par le rare fait d'armes qui
jette sur des revers implacables un dernier reflet de nos
gloires ensevelies.
A Frœschwiller, d'après le religieux désir exprimé par
le vaillant curé, M. Gintz, au lieu d'un monument, nous
avons élevé, dans la nouvelle église, qui remplace celle
qu'ont bombardée les Prussiens, et sur les tombes des
victimes, un autel en marbre noir et blanc, en l'honneur
de Notre-Dame des Douleurs, avec retable et plaques
commémoratives où sont gravés, en lettres d'or, selon
leurs grades, les noms des cent trente officiers qui ont
été tués dans cette terrible journée...

(1)   *Aux soldats français tués en ce lieu, le 6 août 1870.*
Ils parlent encore dans leur mort.
La Patrie en larmes leur a érigé ce monument.
(2) *Il nous est préférable de mourir pour la Patrie, plutôt que de voir*
les maux de notre peuple et de la Religion.

L'inscription du retable porte :

A l'honneur de la Très Sainte Vierge Marie,
patronne de la France,

Et à la mémoire des soldats français tués dans la bataille
de Wœrth-Frœschwiller

le 6 août 1870.

R. I. P.

Comme couronnement suprême, la piété de M. Charles Saint-Pierre a fondé, à perpétuité, une grand'messe anniversaire qui est célébrée, le 6 août, pour le repos de l'âme des braves dont la mort intrépide était digne d'un sort meilleur.

Non loin du village de Wœrth, pris d'assaut trois fois par nos troupes, une fosse contenant environ huit cents morts est abritée par un monument imposant, érigé par le patriotisme généreux de MM. Saint-Pierre frères, à Montpellier et Oran.

A la dédicace des charitables fondateurs est ajouté un seul mot :

Evigilabunt (1) !....

Deux autres monuments de moindre importance ont été élevés, l'un près de la cabane dite des Turcos, où la lutte a été désespérée, et l'autre non loin de là, avec notre concours et celui des dames de Niederbronn, dont la charité et le patriotisme ont valu à nos soldats blessés les soins les plus délicats, et à nos chers morts, si nombreux dans cette localité, un mausolée qui rappelle avec quelle piété elles ont remplacé des mères absentes.

La retraite précipitée du 6 août avait laissé dans les ambulances de Reichshoffen un nombre considérable de blessés qui succombèrent en majeure partie. Le bon peuple de cette paroisse leur assigna une place d'honneur dans le cimetière paroissial, et, malgré les sacrifices énormes

---

(1) Ils se réveilleront !.... Dieu le veuille....

qu'il eut à subir par les batailles, une souscription spontanée produisit la somme de 800 francs. L'Œuvre des Tombes apporta son concours, et un monument magnifique abrite là encore les enfants de la France. Il est juste, à cette occasion, de rendre hommage au dévouement religieux que nous apporta M. le comte de Leusse et sa famille.

· Une immense douleur peut rendre les pierres éloquentes.

Rien de plus émouvant que le monument élevé par Metz sur les restes de nos soldats morts pendant le siège.

Lorsque je le visitai, la Ville Vierge (1) était en pleurs. Dans la maison où j'étais descendu, on me demanda un service; je répondis machinalement : « J'y penserai lorsque je serai de retour en France. » On était à table; aussitôt les regards s'assombrissent et le chef de la famille laisse tomber sa tête dans ses deux mains et pleure à chaudes larmes. J'étais navré de ne m'être pas recueilli avant de parler. Non! le deuil le plus déchirant n'est pas à comparer à celui de la *Patrie perdue,* chez le cœur qui sent ce que vaut cette grande et sainte chose.

Ce mausolée chrétien, composé d'une immense colonne couronnée par des croix quadrangulaires et dominée de l'urne funéraire, repose sur une montagne de cercueils en pierre superposés et attestant le sacrifice de vies innombrables. Nos lecteurs liront avec un intérêt religieux les éloquentes inscriptions qui le couvrent en tous sens.

Devant :

✝

1870

M E T Z

AUX SOLDATS FRANÇAIS MORTS SOUS SES MURS POUR LA PATRIE.

Les Femmes de Metz à ceux qu'elles ont soignés.

R. I. P.

(1) Titre que Metz revendique parce qu'elle n'a jamais été prise d'assaut par un ennemi.

Côté droit :

*Ils ont fini leurs jours mortels en leurs devoirs et dans l'obliga-
tion de leurs serments. Cette sorte de fin est excellente, il ne
faut pas douter que Dieu ne la leur ait rendue heureuse.*

(S. François de Sales.)

BORNY, 14 août 1870.
GRAVELOTTE, 16 août 1870.
SAINT-PRIVAT, 18 août 1870.

Côté gauche :

*Malheur à moi! Fallait-il naître pour voir la ruine de mon
peuple, la ruine de la cité et pour demeurer au milieu d'elle,
pendant qu'elle est livrée aux mains de l'ennemi* (1).

(Machab., lib. II.)

SAINTE-BARBE, 1ᵉʳ septembre 1870.
PELTRE, 27 septembre 1870.
LADONCHAMPS, 7 octobre 1870.

Derrière :

*Nous les avons aimés dans leurs souffrances, que notre compas-
sion les suive après leur mort.*

(Saint Bernard.)

*Ils moururent en laissant dans le souvenir de leur mort à toute
la nation un grand exemple d'intrépidité et de dévouement.*

(Machab., lib. II.)

*A la Mémoire des 7203 soldats français morts aux ambulances
de Metz.*

Autour, des milliers de tombes dont toutes les croix
étaient dominées par un petit drapeau tricolore. Pendant
plusieurs semaines, les Prussiens les enlevaient sans
relâche : une main invisible les remplaçait toujours. *De
guerre lasse,* ils finirent par les laisser. A l'heure où j'écris
ces lignes, on en trouve encore....

Je n'entrerai pas dans le détail des soins que l'Œuvre

---

(1) Cette fois, les Prussiens, en permettant ces inscriptions, ont fait preuve
de leur respect pour une douleur sans nom, *sine voce dolor !*

fut appelée à donner à quelques cimetières en dehors de
Prusse : en Belgique, après la catastrophe de Sedan; en
Suisse, après la retraite du général Bourbaki. Je dirai
seulement que l'hospitalité si large, si cordiale, accordée
par ce dernier pays à une armée en déroute, en proie à
des tortures que l'histoire n'a jamais eu à enregistrer,
s'est étendue à la tombe des victimes qui ont succombé à
leurs souffrances. En général, les paroisses, les municipalités ou les souscriptions des Suisses ont pourvu à la
décence de nos tombes.

Le culte de respect décerné aux trois mille soldats morts
sur le sol helvétique mérite la reconnaissance de tous les
cœurs français. L'inauguration des mausolées donnait
lieu aux cérémonies les plus émouvantes. Nous ne pouvons renoncer au plaisir de citer, entre toutes, celles qui
s'accomplirent à Billens (canton de Fribourg), au mois
d'octobre 1872, et que raconte l'excellent journal *La Liberté*,
de Fribourg :

« Dimanche dernier avait lieu, à Billens, la cérémonie
d'inauguration du monument élevé à la mémoire des soldats français morts victimes de la dernière guerre. Le
monument consiste en une croix de marbre blanc montée
sur un socle où sont gravés les noms des pauvres soldats
engloutis dans le désastre de la France.

» Ce monument, aux frais de l'Œuvre des Tombes, est
le cent quatre-vingt-unième que fait ériger aux soldats
français le R. P. Joseph, le persévérant initiateur et infatigable zélateur de cette œuvre si méritoire, qui est une
protestation touchante contre la négation insolente d'une
vie future.

» La paroisse tout entière se pressait au cimetière, heureuse de déposer sur des tombes amies le pieux tribut de la
prière et de la sympathie : c'est ainsi que les catholiques
comprenaient l'hommage dû aux dépouilles des martyrs du
patriotisme. S'ils reposent dans une terre étrangère, ils
reposent sous la garde de nos cœurs, et le cimetière de
Billens n'est pas à ces dépouilles mortelles une terre d'exil.

» Le R. P. Joseph, en ce moment en France, n'a pu venir lui-même faire la bénédiction de cette tombe française et dire quelques paroles à ceux qui en seront les gardiens. C'est M. le chanoine Schorderet, de Fribourg, qui fut chargé de le remplacer. Le dévouement avec lequel il secourut et assista les soldats français durant l'internement, dans les ambulances de Fribourg, le désignait à M. le curé de Billens pour remplacer le R. P. Joseph.

» L'orateur s'est inspiré de cette parole du Psalmiste qui s'applique si bien à la situation de la France et de la Suisse à la fois :

« Il est temps, ô Seigneur, que vous ayez pitié de Sion ; » vos serviteurs en aiment les ruines mêmes et les pierres » démolies, et leur terre natale, toute désolée qu'elle est, » a encore toute leur tendresse et toute leur compassion. »

» Il définit d'abord la patrie. Le gouvernement d'un pays n'est pas la nation, bien moins encore la patrie. Le gouvernement du 4 septembre n'était pas la France, et celui de la Commune encore moins. Si la patrie était dans la tête ou le cœur des hommes qui la gouvernent et la dégradent, hélas ! il serait souvent difficile de l'aimer et de savoir mourir pour elle. La patrie est autre chose : pour les Français comme pour nous, la patrie, c'est le sol qui nous a vus naître, le sang et la maison de nos pères, la tendresse et la foi de nos mères ; la patrie, c'est l'amour du foyer, les souvenirs sacrés de l'enfance ; c'est l'église de mon village, où je fus baptisé et où pour la première fois je reçus mon Dieu ; c'est le cimetière qui garde, à l'abri de la croix et dans la consolation de l'espérance, les restes vénérés de mes parents ; la patrie, ce sont nos annales nationales, nos traditions, nos lois, nos mœurs, nos libertés, surtout nos libertés religieuses, notre histoire et notre foi. — La patrie est tout ce que nous croyons et tout ce que nous aimons, sous la garde de ceux qui naquirent avec nous au même point du temps et de l'espace, de la terre et du ciel.

» Les gouvernements ont le devoir de conserver tous

ces biens dans leur ordre et dans leur sécurité, et lorsqu'ils accomplissent ce devoir sacré, l'amour de la patrie se confond avec l'amour de ceux qui veillent sur elle; mais si, loin d'accomplir cette mission, les gouvernants déshonorent la patrie en tuant la liberté et en méprisant ses antiques franchises, alors nous nous réfugions dans le sentiment de la patrie pour y chercher secours, espérance et consolation.

» L'orateur vengea avec une énergie remarquable l'insulte faite aux catholiques de ne point aimer la patrie, parce qu'ils aiment Rome.

» L'amour de la patrie est, avec l'amour de l'Eglise, le sentiment le plus sacré au cœur d'un catholique romain.

» La patrie est notre Eglise du temps, comme l'Eglise est notre patrie de l'éternité. L'une et l'autre ont le même centre qui est Dieu, le même trésor qui est la liberté; le même bienfait, la paix; le même intérêt, la justice et la sécurité; le même asile, la conscience; et c'est un crime de vouloir séparer ces deux amours unis de Dieu et de la patrie, qui, dans le cœur d'un chrétien, ne font qu'un amour. — Il rappela les vaillants zouaves de Charette, à Patay, luttant comme des lions et mourant pour le salut de la France.

» Ces accusations iniques d'antipatriotisme à l'adresse des catholiques, renouvelées tous les jours, doivent être combattues et stigmatisées tous les jours. — Il ne faut pas laisser la prescription de cette erreur pénétrer dans les intelligences. Répétons la parole de Montesquieu à ces patriotes pour qui la patrie est souvent une mine d'or, de plaisirs ou d'honneurs, qu'on exploite : *Les meilleurs chrétiens sont aussi les meilleurs citoyens; ils sont infiniment éclairés sur leurs devoirs; plus ils pensent devoir à Dieu, plus ils croient devoir à la patrie.*

» Aussi quel peuple fut jamais animé d'un patriotisme plus pur que le peuple juif, le peuple de Dieu!

» Quelle place ne tient pas la patrie dans la vie de cette nation !

» Moïse n'est-il pas le type du vrai patriotisme? Josué ne pourrait-il pas servir de modèle à nos capitaines les plus vaillants? Les femmes mêmes donnent l'exemple de l'amour de la patrie, et avant que la femme de Verner Stauffacher armât son mari de courage pour la défense de la liberté suisse qui descendait au tombeau, Débora appela ses concitoyens aux armes, Judith sauva Béthulie en tuant Holopherne, Esther arracha son peuple à un massacre universel. Captifs à Babylone, les Juifs versent des larmes en se souvenant de Sion et de la Judée; ce sont les malheurs de la patrie qui ont inspiré à Jérémie ces chants lamentables qui déchirent encore le cœur après tant de siècles. Et le grand souvenir des Machabées n'est-il pas là encore pour protester contre ceux qui, indignement, nous outragent, disant que les fils de l'Eglise catholique, apostolique et romaine, n'aiment point la patrie?

» Il y eut un moment saisissant dans cette cérémonie si touchante : c'est lorsque, en face de cette tombe, entourée de la foi et des sympathies de toute la paroisse de Billens, l'orateur raconta les douleurs de la France vaincue, les souffrances indicibles de cette armée de l'Est et les sacrifices de ceux qui moururent loin du pays; l'émotion gagna alors tous les cœurs, et il n'y eut pas d'homme qui ne versât des larmes avec des prières. Et, appliquant tour à tour à la France et à la Suisse ce que le Psalmiste disait de la Judée, il répéta en finissant les paroles de l'exorde, que nous voulons répéter encore : « Il est temps, ô Seigneur, que vous ayez pitié de la Suisse; les catholiques aiment encore cette patrie, en dépit des ruines qui sont faites de la liberté et de la justice, et malgré les pierres de ses institutions que l'on démolit; leur terre natale, toute désolée qu'elle est par la persécution, a encore toute leur tendresse et toute leur compassion. »

Tels sont les sentiments qu'inspiraient l'histoire de nos revers et le culte envers nos défunts.

Les journaux allemands eux-mêmes nous ont rendu un légitime hommage.

On lit dans le *Kœlnische Volkszeitung,* 15 août 1872 :

« On nous écrit du fond de la Saxe, en date du 10 août :

« La touchante sollicitude de la France envers ses trois
» cent mille soldats prisonniers en Allemagne, en 1870-
» 1871, était vraiment sans exemple dans les annales des
» nations; mais le soin qu'elle prend pour honorer la mé-
» moire de ses guerriers qui ont succombé chez nous
» nous pénètre d'une estime encore plus profonde.

» Le nombre des villes où ses soldats succombèrent
» s'élève à plus de deux cents. Malgré cela, elle a trouvé
» le moyen de soigner convenablement leurs tombes et
» d'y faire ériger partout un mausolée consistant en un
» socle et une croix monumentale en pierre solide, et
» quelquefois en marbre. Elle a constitué dans ce but un
» comité, et le P. Joseph, qui s'est rendu célèbre en Alle-
» magne par sa mission bienfaisante auprès de ses sol-
» dats, a pris la direction de ces immenses travaux.
» Naguère il traversait toutes nos villes, accompagné de
» M. Valois, archiprêtre de la cathédrale de Nevers, pour
» presser l'exécution des travaux et solder les dépenses,
» qui seront considérables.

» Il paraît que les ressources ont été recueillies en si
» grande abondance, que l'on ne saurait trop admirer une
» nation qui, malgré ses ruines, est capable de pareils
» sacrifices pour ceux de ses fils qui ont succombé, et on
» se demande involontairement : Que fait donc l'Allema-
» gne pour ses soldats qui reposent sur le sol français ? »

Ces appréciations concernant notre œuvre ont eu une
portée plus étendue.

Chacun a pu se demander : « Quel sera le résultat final
de tant de labeurs et de sacrifices ? Le temps et l'oubli
n'anéantiront-ils pas ces tombes, dernier témoignage de
la piété de la France? » — En fût-il ainsi, il ne faudrait pas
regretter d'avoir été reconnaissants envers nos morts.
Mais hâtons-nous de dire que ces craintes sont sans fon-
dement; le gouvernement allemand, lui-même, a été touché du caractère élevé de l'Œuvre des Tombes; il n'a pas

voulu que le grand exemple inspiré par notre foi fût enseveli par les années, et, nos travaux à peine achevés, l'empereur d'Allemagne fit publier un décret *mettant à la charge des municipalités ou des villes l'entretien et la conservation de toutes les tombes de nos chers soldats et des monuments qui les protègent.* Nous n'avions pas sollicité cet acte de haute convenance qui consolera toutes les mères qui pleurent un fils! Jamais nous n'aurions osé l'espérer.....

C'est sans doute en exécution de cet ordre que nous lisons dans le *Moniteur* les mesures prises en faveur de notre cimetière d'Ulm, où nous avons laissé tant d'êtres regrettés :

« Dans le cimetière d'Ulm, le souvenir des soldats français morts en captivité était conservé par des inscriptions sur des croix en bois; mais, le temps n'ayant pas tardé à faire disparaître les inscriptions tracées sur les croix, le conseil municipal d'Ulm a décidé que les noms de tous les soldats français ensevelis dans le cimetière seraient inscrits en lettres d'or sur des plaques de fonte destinées à être encastrées dans le socle du monument commémoratif. » (Août 1878.)

Chaque année, la fête de la commémoraison des morts ramène, par un invincible élan, incroyants et fidèles sur des tombes aimées ; eh bien! les nôtres ne sont pas oubliées, même sur la terre étrangère; nous avons appris avec une profonde reconnaissance qu'en plusieurs villes le clergé et les catholiques y versent l'eau sainte et y déposent une couronne chaque année, le 2 novembre.

Ce pieux souvenir est dû sans doute à la fondation à perpétuité de messes dans les villes où nos soldats sont morts. Ces messes sont annoncées au prône et amènent les fidèles au pied des autels.

C'est afin d'étendre encore cette sainte pratique qu'après avoir achevé l'œuvre en Allemagne, nous avons voulu fonder ces anniversaires de prières dans les églises nombreuses des champs de bataille de France. Ce bienfait a été appliqué jusqu'ici dans près de cinquante paroisses et produit les meilleurs résultats. Voici comment un bon curé du diocèse de Paris répondait au secours que nous lui avions attribué pour la fondation à perpétuité d'une messe en faveur des soldats morts sur sa paroisse :

« Je vous remercie de la charité que vous nous faites ; j'espère que les prières adressées à Dieu pour nos chers défunts de l'armée hâteront la délivrance de leurs âmes, et que ces âmes intercéderont auprès de Lui, afin que le sacrifice accompli dans toutes nos lamentables et sanglantes journées de 1880-71 ne soit pas perdu, mais qu'au contraire la rémission soit accordée à notre chère France par le prix infini du sang de Jésus, qui aura bien voulu accepter l'oblation du sang français. »

Mais que de vides à combler !

Nous voudrions surtout payer ce tribut aux églises des champs de bataille de Coulmiers, Ladon, Villorceau, Patay, etc., où les zouaves pontificaux se sont immortalisés et où nulle prière n'apprendra aux vivants des générations à venir ce qu'étaient ces morts.

Si ces lignes avaient le privilège de toucher quelques-uns de nos lecteurs, avec quelle reconnaissance nous accepterions leur offrande pour un si noble but (1) !

Nous ne saurions mieux terminer ce chapitre que par la péroraison de l'admirable discours prononcé en l'église Sainte-Madeleine, à Paris, le 6 avril 1877, par Mgr Freppel, l'éloquent et intrépide évêque d'Angers, qui a bien voulu donner par là, à l'Œuvre des Tombes, la plus haute sanction qu'elle ait pu ambitionner :

« Rien n'agit plus sur les vivants que les honneurs rendus aux morts. Voulez-vous, dans ce siècle d'égoïsme, ranimer l'esprit de sacrifice et d'abnégation ? Cherchez-vous à réveiller dans les âmes la flamme de l'enthousiasme avec l'amour de la patrie et l'oubli de soi-même ?

(1) Toutes les offrandes peuvent être adressées à notre trésorier : M. H. Salle, 35, rue de Grenelle, à Paris.

Montrez à quel point vous savez entourer de vénération
la mémoire et les cendres de vos héros. Montrez à cet
homme, auquel vous demandez le plus grand des sacrifices, qu'après sa mort la prière de la foi descendra sur
sa tombe avec les regrets et la reconnaissance de tous.
C'est par de telles marques d'intérêt et d'amour que l'on
relève et que l'on fortifie l'esprit militaire. Et qu'y a-t-il,
après l'esprit religieux, de plus important pour un pays?
C'est par les armées que se préparent les grandes ruines
et les grandes restaurations : elles portent dans leurs
flancs la mort ou la résurrection des peuples. Et c'est
pourquoi j'ai foi dans l'avenir de mon pays.

» Oui, l'armée est, à l'heure présente, l'une de nos
meilleures consolations. C'est là que le sentiment du
devoir et le respect de l'autorité se conservent inébran-
lables; habitué à suivre une règle, le soldat ne connaît
pas cette indiscipline qui cherche à secouer tout frein, ni
cet orgueil insensé qui ne veut souffrir aucune supé-
riorité. Le sophisme a peu de prise sur son esprit droit
et ferme; et le bavardage des rhéteurs n'obtient pas
auprès de lui le succès qu'il trouve ailleurs. Admirateur
du vrai mérite, qui se révèle par des actes, il n'a que de
l'éloignement pour ces médiocrités verbeuses que le
hasard porte au pouvoir, et dont l'audace n'a d'égale que
leur impuissance et leur incapacité. Il est la force, il est
le nombre, et nul ne s'incline plus volontiers devant le
droit et la justice, parce que le mensonge et l'utopie n'ont
pas perverti son intelligence. Il aime ce qui est franc, ce
qui est honnête, ce qui est élevé. Et comme tous les
nobles sentiments s'appellent réciproquement et se ren-
contrent dans l'âme humaine, l'armée sait porter au plus
haut point le souci de l'honneur national et le respect de
la religion. C'est avec empressement que, naguère, elle
rouvrait ses rangs au prêtre, parce que dans la voix du
prêtre elle entendait la voix de la patrie, la voix de la
France catholique, la voix de l'Eglise, la voix de Dieu;
cette voix qui proclame ici-bas la justice et la vérité, cette

voix qui rappelle aux individus et aux peuples les vraies
conditions de leur grandeur et de leur félicité.

» C'est là, pour nous, je le répète, au milieu des amer-
tumes et des défaillances du temps actuel, une espérance
et une consolation. Voilà pourquoi toute œuvre qui inté-
resse l'armée me touche profondément. Pour vous recom-
mander celle qui fait l'objet de notre réunion, je n'ai pas
hésité à quitter mon diocèse et à interrompre pendant
quelques jours les travaux de ma charge pastorale; et
vous voyez, par la présence de votre vénérable archevêque (1) au milieu de vous, que mes sentiments concor-
dent avec les siens. A vous, mes très chers frères, de répondre à notre appel par des offrandes généreuses. Ce
que nous demandons à votre charité chrétienne, ce sont
des tombes honorables pour nos braves soldats, victimes
de la dernière guerre ; ce sont des prières à perpétuité
pour le repos de leur âme. Je remercie d'avance ceux
d'entre vous qui sauront comprendre l'importance d'une
pareille œuvre, comme je félicite de tout cœur les hommes
considérables et distingués qui en ont eu l'initiative. Une
nation peut subir des revers momentanés : nous en avons
connu de plus d'une sorte dans le cours de notre longue
et glorieuse histoire; mais quand elle ose proclamer en
face du ciel et de la terre les destinées immortelles de
l'homme, quand elle sait garder avec une inviolable fidé-
lité le souvenir de ceux qui l'ont servie et défendue,
honorer leurs restes, prier pour leur délivrance, envi-
ronner à jamais leur nom et leur mémoire de respect, de
reconnaissance et d'amour, elle témoigne par là même
de sa force et de sa vitalité : les hommes l'estiment et
l'admirent; Dieu la bénit, et, comme récompense d'une
foi restée inébranlable, il lui réserve dans l'avenir des
destinées aussi grandes que ses œuvres. C'est ma prière
et mon souhait. »

(1) S. Em. Mᵍʳ Guibert. cardinal archevêque de Paris.

IV.

ALLOCUTION

PRONONCÉE A L'ASSEMBLÉE DES CATHOLIQUES

Le 16 mai 1889

Par le Révérend Père JOSEPH

———

MONSEIGNEUR,
MESDAMES,
MESSIEURS,

Je serai très bref, le temps presse.

Après l'éloquent rapport de M. l'amiral Gicquel des Touches, que vous venez d'applaudir, je tiens à m'expliquer clairement sur une question importante, afin d'éviter une confusion fâcheuse entre notre Œuvre des Tombes et une société qui vient de naître et avec laquelle nous ne pouvons rien avoir de commun.

Depuis dix-huit années que le congrès se réunit, il n'a jamais été question de nous.

Il appartenait à notre Œuvre de demeurer silencieuse, comme ces tombes militaires qu'elle était appelée à protéger et à honorer; puis, nous étions pénétrés de cette sage maxime : *Le bien ne fait pas de bruit, et le bruit ne fait pas de bien.*

Et si nous sortons aujourd'hui de cette réserve, c'est, d'une part, afin d'affirmer l'existence de l'Œuvre des Tombes, de définir son caractère chrétien et de proclamer sa volonté de ne pas mourir. D'autre part, c'est afin d'exprimer notre gratitude au Comité des militaires et marins, qui a bien voulu lui faire bon accueil et assurer, par cette salutaire mesure, sa durée et son inviolabilité. Parmi toutes les bonnes actions qu'il accomplit, celle-ci est une des meilleures, car il est juste qu'après s'être préoccupé de la vie chrétienne et du salut éternel de nos braves soldats, il prenne à son actif la noble tâche de protéger leurs tombeaux et de faire prier pour le repos éternel de leurs âmes. Ainsi, il les aura aimés dans la vie et dans la mort, et montré au monde quel cas la Patrie doit faire du soldat qui succombe pour sa défense.

Nous touchons ici aux orignes de l'Œuvre.

Pendant la dernière guerre, à la suite du bombardement de Strasbourg, j'ai été fait prisonnier et, pendant neuf mois, je fus témoin de bien des agonies. Quiconque n'a pas vécu alors dans cette Allemagne froide et triste ne peut se faire une idée des souffrances de nos soldats. Et ceux qui ont survécu ont dû emporter avec eux cette conviction, qu'il est préférable mille fois de se faire tuer au champ d'honneur plutôt que de se livrer comme prisonnier de guerre.

Savez-vous quelle était la princpale préoccupation de nos mourants? C'était de mourir sur la terre étrangère. L'un d'eux me disait un jour : « Mon Père, je vais mourir de la blessure que j'ai reçue sur le champ de bataille de Sedan, mais obtenez'que je meure sur la terre française, à un pas seulement, sur le territoire de la patrie, et je mourrai content. » (Applaudissements.) Je lui répondis que, prisonnier comme lui, je ne pouvais satisfaire à son désir ; mais, me rappelant cette épitaphe d'une tombe polonaise : *Ubi Crux, ibi patria* (1) : « Mon ami, lui dis-je, afin de le consoler, vous serez enseveli dans votre patrie, puisque la croix protégera votre cercueil. » (Nouveaux applaudissements.)

Tel a été notre point de départ; mais l'Œuvre des Tombes est née au moment du dernier soupir d'un sol-

(1) Où est la croix se trouve la patrie.

dat : « Mon Père, me disait-il, je ne sais si on veut donner des croix à nos cercueils : voilà juste cinquante
centimes qui me restent, prenez-les pour une croix et
une prière pour le repos de mon âme. » Cette pensée du
pauvre soldat a été l'idée créatrice de l'Œuvre. (Vifs
applaudissements.)

Au fait, s'il est une tombe qui mérite l'honneur, c'est
bien celle du soldat mort pour son pays ; il n'est donc
que juste de placer sur ces restes ennoblis par le suprême
sacrifice une pierre qui rappelle la patrie, une croix qui
affirme la religion.

Au reste, vous, membres de la Société de Saint-Vincent
de Paul, n'accordez-vous pas un cercueil et une croix au
dernier de vos pauvres ? Y a-t-il un malheureux dont les
restes ne soient pas protégés par ce signe réparateur,
cet emblème de l'immortalité ?

Tout cela est grand, noble, et proteste contre un matérialisme qui, s'il allait prévaloir, déshonorerait et per-
drait la France.

Je dois ajouter que les inhumations de nos soldats
laissaient généralement à désirer ; en plusieurs endroits,
à Jüterbock, Lochstaedter-Heide, Dantzig, Altona, etc...,
nos prisonniers de guerre avaient été enterrés en rase
campagne ou au pied des fortifications, quelquefois au
milieu des rebuts des cimetières ; leurs tombes offraient
un triste et douloureux spectacle : fallait-il les laisser en
cet état ?

Aussi, l'Œuvre une fois achevée, MM. les curés allemands rendirent hommage au sentiment élevé qui l'avait
inspirée. « Soyez béni, m'écrivait l'un d'eux, d'avoir pensé
à vos soldats inhumés dans ma paroisse. Pas même une
croix de bois n'indiquait qu'il y avait là des guerriers
français ; ils étaient cependant dignes de ce souvenir :
tous sont morts de leurs blessures, et avec la plus grande
foi et la plus admirable patience. Votre Œuvre fait honneur à la France. »

Donc, de retour en France, il fallut se préoccuper de

cette situation. J'écrivis plusieurs lettres dans les journaux; le gouvernement s'émut et vint à notre aide par une allocation généreuse.

De son côté, la Société de secours aux blessés, fidèle à son patriotisme vaillant, voulut étendre au tombeau sa sollicitude envers les victimes du champ de bataille, elle aussi ouvrit ses trésors. Ah! Messieurs, je suis heureux de saluer dans cette enceinte le dévouement infatigable de cette grande institution, et je le fais avec une émotion d'autant plus vive que, jusqu'ici, elle a tout fait, et que son action patriotique est menacée d'un amoindrissement par cette société nouvelle des *Dames françaises*, qui n'ont encore rien fait. (Applaudissements.)

Cinquante archevêques et évêques approuvaient nos débuts; notre Œuvre était allée au cœur de la France; des milliers de mères qui pleuraient un fils étaient consolées dans leur douleur.

L'Œuvre devenait nationale; c'est le titre qu'on lui donnait alors, et grâce aux secours recueillis de tous côtés, cent quatre-vingt-cinq monuments furent établis d'un premier jet en Allemagne et en Alsace-Lorraine.

Nous avons perdu pendant la captivité 18,500 soldats. Or, il n'y a plus un seul lieu, si ignoré qu'il soit, où la tombe du pauvre exilé ne soit décorée d'un monument que couronne la croix : *Ubi Crux, ibi patria.* (Vifs applaudissements.)

Ce tribut accordé au deuil des cœurs ne suffisait pas; il convenait de faire mieux et de répondre à un sentiment plus élevé, je veux parler de la fondation des anniversaires de messes et de prières en faveur des victimes de la guerre. J'ai dû m'entendre pour cela avec Mgr Nanzanowski, prévôt général de l'armée allemande, car il n'y a pas en Prusse une seule garnison sans aumônier, et leur chef est évêque. J'exposai à ce prélat nos desseins; il me dit : « Vous m'étonnez. » Et dans ce français qu'il parlait imparfaitement, il ajouta : « Vous êtes une nation *stupéfiante* pour que, après tous vos malheurs, vous fassiez une œuvre si grande, celle des tombes: celle-ci passera, mais vous y ajoutez la prière qui dure toujours! Pour entreprendre pareilles choses, il faut croire à Dieu, à la résurrection de la chair, à l'immortalité de l'âme. Une nation qui croit à ces vérités est grande, et une nation qui les affirme ainsi devant le monde entier ne doit pas périr. » (Bravos et applaudissements.)

Nous continuâmes notre œuvre dans la mesure de nos ressources, et ainsi furent fondés, dans les principaux centres de la captivité, soixante-cinq anniversaires de messes à *perpétuité*.

Or, chaque année, le 2 novembre, le pauvre soldat qui dort là-bas sous la froide terre de l'exil n'est pas oublié; une messe, annoncée le dimanche précédent et à laquelle les fidèles assistent, est célébrée, et ces chrétiens qui ont gardé un culte si profond pour leurs cimetières et leurs morts, avant de répandre, avec leurs prières, l'eau sainte sur les tombes des leurs, rendent ce devoir aux soldats français, grâce à nos monuments que couronne la croix! (Vifs applaudissements.)

Enfin, un autre succès que nous n'aurions osé espérer, c'est que l'empereur d'Allemagne, touché de la grandeur morale de notre œuvre, voulut lui imprimer une sorte de consécration officielle, et, par un décret rendu en 1876, il imposa aux communes de son empire l'obligation d'entretenir nos monuments et les tombes de nos soldats.

Notre but ayant été atteint en Allemagne, nous avons fondé aussi des messes en France, surtout dans la banlieue de Paris, et nous sommes arrivés à des résultats consolants.

Je ne puis, Messieurs, entrer ici dans tous les détails de nos labeurs; mais tandis que nous continuions silencieusement notre paisible mission, j'appris tout à coup qu'une société concurrente (1) venait de se former à Paris. Il ne me convient pas, dans un si grave sujet, de faire de la

(1) Cette société s'intitule « Souvenir français. »

5

polémique, ni de soulever des questions irritantes. Toutefois, il me semble que cette société, qui affirmait naguère
son existence d'une façon si tapageuse, aurait dû conve-
nir que quelque chose a été fait en faveur des victimes
de la guerre, qu'une Œuvre des Tombes existe, qu'elle a
exercé une action qui a honoré la France au dehors.

Ce qui m'afflige dans la constitution de cette société, et
avec moi tous les catholiques, c'est l'effacement du caractère chrétien et de ce qui est comme le *tempérament* de
la nation française, c'est-à-dire la religion, son culte, ses
pratiques.

Par conséquent, du moment que toute idée religieuse
est proscrite de son règlement, il faut en conclure que la
vérité chrétienne n'en est pas la base et que la croix ne
saurait en être le couronnement. D'où il suit que, lorsque
nous aurons à déplorer des désastres ou des guerres,
soit en Europe, soit à Zanzibar ou au Tonkin, nous per-
dons l'espoir de voir honorer les tombes de nos défenseurs catholiques par un monument chrétien, et il sera
dit qu'à cause d'une poignée de libres penseurs, la croix
sera remplacée par le triangle, la colonne brisée ou un
autre monument païen. (Très bien! applaudissements.)

Nous ne sommes pas des francs-maçons ni des athées;
nous avons fait une Œuvre qui est catholique comme la
France : nous lui devons conserver ce caractère et ne
pas nous donner, chez l'étranger, une réputation que
nous ne méritons pas. Nous ne sommes pas des francs-
maçons, parce que nous sommes un peuple franc et loyal,
et que la franc-maçonnerie est une secte hypocrite et
menteuse.

Nous ne sommes pas davantage des athées, parce
que le peuple français, et il m'est bien permis de lui
rendre ce témoignage, est un peuple qui a du bons sens,
et que les athées sont des gens qui n'ont pas la raison.
(Bravos.)

Donc, n'étant ni francs-maçons ni athées, nous ne con-
sentirons pas à paraître tels au dehors, et nous voulons

que la croix protège le tombeau du soldat mort chrétiennement, et que la prière et le saint sacrifice de la messe soient l'apothéose décernée à sa mémoire par notre reconnaissance. (Vive approbation.)

Telle est sommairement l'Œuvre des Prières et des Tombes.

Depuis vingt années que j'ai l'honneur de la diriger, elle a prospéré, comme tout ce qui est à la fois patriotique et religieux; c'est afin de lui assurer la durée et l'inviolabilité que j'ai prié le Comité des Militaires et des Marins, que préside avec tant d'intelligence M. l'amiral Gicquel des Touches, d'en accepter la tutelle. Mais il n'est pas permis à aucun Français de laisser ces Messieurs seuls à la peine; notre devoir est de subvenir largement à leurs dépenses, afin qu'à défaut de l'aumônerie militaire, ils puissent, pendant la vie, préserver la foi dans l'âme du soldat, et honorer sa tombe lorsqu'il aura succombé. L'Œuvre a besoin de vos aumônes abondantes.

Je sais, Mesdames, qu'il n'y a pas de mondaines dans cette enceinte; les mondaines ne vont pas dans les congrès catholiques. (Sourires.)

Malgré cela, simplifiez vos toilettes; si vous étiez moins esclaves du luxe et de la mode, vos ressources pour Dieu, pour la France, seraient plus abondantes. Et si les hommes qui portent dans leurs poitrines un cœur de Français et de chrétien savaient faire acte d'abnégation et de sacrifice, renoncer à certaines dépenses, à certains plaisirs insensés, en faveur de ces pauvres soldats qui sont bien le vivant rempart de la patrie, les aumônes cesseraient d'être parcimonieuses; on comprendrait l'impérieuse nécessité de pourvoir à l'absence d'aumôniers militaires, et l'Œuvre deviendrait très florissante.

Enfin, vous n'oublierez pas les morts de la patrie..... Ah ! vous ne savez pas ce que c'est que d'être exilé, que d'agoniser loin de son pays, de son ciel aimé, du clocher qui a abrité notre baptême et notre première communion, loin d'une mère, d'une sœur qui pleurent, et de se dire qu'après le trépas on sera foulé d'un pied indifférent par l'étranger !

Donc, ouvrez aussi vos cœurs et vos bourses pour ces soldats qui sont les morts glorieux de la France; donnez-leur, avec une terre bénite et chrétienne, la croix qui rapproche les distances et évoque les souvenirs de la Patrie absente : *Ubi Crux, ibi Patria;* qu'ils reçoivent par vos aumônes l'application du sang du Christ; de leur côté, soyez-en sûrs, ils ne vous oublieront pas, ils n'oublieront pas la patrie, et ils la sauveront. (Vive émotion; triple salve d'applaudissements.)

V.

RAPPORT

PRÉSENTÉ

Par M. Hippolyte SALLE

A L'ASSEMBLÉE DES CATHOLIQUES

Le 8 mai 1890

SUR

L'ŒUVRE DES PRIÈRES ET DES TOMBES

———

Nous avons à vous entretenir de cette œuvre, rattachée l'année dernière au Comité catholique des Œuvres de militaires et de marins, sur un désir exprès du R. P. Joseph, son fondateur.

Quelques jours après le congrès de 1889, le R. P. Joseph, qui n'est pas seulement un homme de parole, mais aussi d'action, se rendait en Alsace et faisait ériger deux monuments, l'un à Lichtenberg et l'autre à Ingwiller. — A Ingwiller, c'est maintenant une magnifique croix, sur un socle imposant, qui indique la sépulture de nos soldats français. Le sous-préfet de Saverne a interdit l'inscription en français et il a obligé le curé de la paroisse à faire une épitaphe en langue allemande. — Nous en avons tous ressenti une profonde douleur. — A Lichtenberg, pour éviter un semblable malheur, le R. P. Joseph a fait graver une inscription latine sur le monument, qui a été fait dans de larges proportions et qui est bien chrétien. Des services anniversaires ont été fondés dans ces deux localités, et le premier service solennel a été célébré à Ingwiller par le R. P. Joseph, au milieu d'une assistance considérable ét très recueillie. (Très bien! très bien!)

M. Maxime du Camp, l'illustre académicien, ayant appris que le R. P. Joseph était à Lichtenberg, l'engagea à venir juger par lui-même de l'état de dégradation dans lequel se trouvait le monument de Rastadt. Tous deux se rendirent à cette tombe des soldats que le R. P. Joseph avait tous assistés et consolés au moment de la mort. De suite, on entreprit les travaux nécessaires pour préserver le monument de la ruine.

La cérémonie, qui a eu lieu à Jüterbock, petite ville de la Saxe prussienne, au mois de juillet dernier, doit être rappelée ici, puisqu'elle est comme une réparation de la conduite inqualifiable du sous-préfet de Saverne.

Il s'agissait de faire transférer dans un nouveau cimetière les restes mortels de soixante soldats français. Après les prières de la bénédiction du cimetière conformément au rituel romain, Mgr Assmann, grand-aumônier de l'armée allemande, a remercié le général commandant, au nom des familles des soldats français inhumés, de l'acte de charité qui assurait à ces derniers une sépulture chrétienne; puis Sa Grandeur a demandé qu'une couronne spirituelle fût déposée sur la tombe des soldats étrangers, morts loin de leur patrie, sous la forme de l'oraison dominicale : ce que l'assistance civile et militaire s'est empressée de faire. (Applaudissements.)

A Héricourt, dans la Haute-Saône, le curé avait découvert que trente soldats français tués, sur le territoire de sa paroisse, avaient été enfouis dans une carrière de pierre sans sépulture chrétienne. Il voulut rendre honneur à leurs restes. L'Œuvre s'est empressée de seconder ce digne curé dans sa patriotique entreprise et de lui permettre de pouvoir partager avec le saint homme Tobie la consolation de faire cette œuvre de miséricorde envers nos soldats morts pour la patrie. (Nouveaux applaudissements.)

Au Tonkin, nous avons fait ériger une croix au milieu des tombes des soldats français dans le cimetière d'Hanoï. Cette croix en granit, haute de six mètres, est placée sur un socle élevé. Une inscription indique que des services anniversaires sont fondés pour tous ceux dont les corps reposent en ce lieu.

Dans le cimetière de Tourane, en Annam, le contre-amiral de la Jaille, qui commandait la division navale, a fait déblayer les tombes de nos marins, recouvertes sous une végétation luxuriante.

Nous avons profité du séjour en France de Mgr Van Camelbecke pour lui remettre les fonds nécessaires à l'érection, à Tourane, d'une croix semblable à celle d'Hanoï, et à la fondation d'une messe anniversaire. (Très bien ! très bien !)

Par les aumôniers, par les sœurs de Saint-Paul de Chartres et par les sœurs de Saint-Joseph de Cluny, nous avons eu l'assurance qu'en 1889, pendant l'octave des Morts, des services solennels ont été célébrés dans les hôpitaux militaires des colonies et du Tonkin.

La Société de secours aux blessés, présidée par le maréchal de Mac-Mahon, nous a remis une offrande de 500 fr. pour contribuer à l'érection du monument de Lichtenberg. M. Maxime du Camp, après avoir indiqué ce qui devait être fait à Rastadt, a pourvu aux dépenses.

Il restait en nos mains, en 1888, un reliquat de . . . . 476 fr. 95

Les dons et les souscriptions se sont montés à . . . . 2,052 fr. 95

Total. . . . . 2,529 fr. 90

Toutes les dépenses ont atteint le chiffre de . . . . 2,320 fr. »

Il nous reste un solde disponible de . . . . 209 fr. 90

Ce compte rendu indique suffisamment la valeur de notre Œuvre, qui, après avoir honoré les tombes des défenseurs de la patrie, en érigeant à leur mémoire deux cents monuments, et pourvu au repos de leurs âmes par la fondation perpétuelle de cent vingt anniversaires de messes, continue sa mission chrétienne et bienfaisante dans la mesure de ses ressources.

Que de larmes elle a séchées chez les pauvres mères pleurant leurs fils morts au champ d'honneur, par la pensée que la croix protège leurs restes et que la prière pour leurs âmes est permanente !

Et parmi ces chères victimes de la guerre, combien doivent leur délivrance aux prières de notre Œuvre !

Toute aumône n'est pas de pain ; c'est bien le moins d'assurer quelques messes à ceux qui ont donné leur sang pour nous. Et à l'heure où tant de catholiques vaillants font des sacrifices pour le salut de la France, ce n'est pas chose indifférente d'y intéresser les soldats morts pour elle. En acquittant envers eux cette dette sacrée de reconnaissance, on ne peut manquer d'obtenir leur intercession.

Puis, nos guerres sont-elles finies ? Qui voudrait laisser oublier ceux qui meurent, en ce moment, au loin, pour l'honneur de notre drapeau et la cause de la civilisation chrétienne ? Ces motifs sont assez éloquents et nous espérons que des offrandes généreuses répondront à notre présent appel. (Salve d'applaudissements.)

VI.

RAPPORT

SUR

L'ŒUVRE DES PRIÈRES & DES TOMBES & DE DOMREMY

PRÉSENTÉ A L'ASSEMBLÉE DES CATHOLIQUES

Le 28 avril 1891

Par M. Hippolyte SALLE

———

L'Œuvre des Prières et des Tombes, fondée en 1871, après la captivité, par le R. P. Joseph, vient d'avoir, le 12 avril, dans l'église Saint-Augustin, comme une nouvelle consécration. Par cette immense affluence de fidèles qui remplissait le vaste édifice et se pressait au pied de la chaire, nous avons bien eu la preuve que notre œuvre répond aux désirs des vrais catholiques, de ceux qui veulent pieusement conserver le souvenir des victimes de la guerre, et accomplir envers elles un devoir de reconnaissance, en plaçant la croix sur leurs tombes et en leur assurant le bénéfice du saint sacrifice de la messe et de continuelles prières pour le repos de leurs âmes. C'est un de nos grands évêques, membre de l'Académie française, aumônier volontaire en 1870, Sa Grandeur Mgr Perraud, évêque d'Autun, qui a bien voulu consentir à quitter son diocèse et ses incessants travaux pour venir, par son éloquente parole, nous enseigner, l'Evangile à la main, nos obligations de chrétiens pour ceux qui sont morts au service du pays. — En terminant son magnifique discours, que toutes les familles chrétiennes auront à cœur de posséder, Mgr Perraud a évoqué le souvenir de Jeanne d'Arc, qui se préoccupait, avec une si religieuse sollicitude, du sort des soldats laissés morts sur les champs de bataille, et il nous a félicités de voir notre œuvre contribuer à l'achèvement de la basilique de Jeanne d'Arc à Domremy.

Déjà, le 6 avril 1877, dans l'église de la Madeleine, Mgr Freppel, l'éloquent et intrépide évêque d'Angers, dont l'Eglise et la France pleurent aujourd'hui la perte, avait voulu donner à notre œuvre une haute sanction, en venant solliciter pour elle des offrandes qui devaient être affectées en partie à la reconstruction de l'église de Bazeilles, entièrement détruite pendant la guerre.

Ainsi, ces deux illustres prélats nous ont exhortés à faire tous nos efforts pour nous conformer aux désirs si souvent exprimés par Jeanne d'Arc, qui demandait au roi de faire bâtir des chapelles où l'on prie pour le salut des âmes de ceux qui meurent en défendant la patrie. — Aussi sommes-nous heureux de pouvoir annoncer qu'en vertu d'un accord intervenu entre Sa grandeur Mgr Sonnois, évêque de Saint-Dié, et le R. P. Joseph, président de notre œuvre, agissant au nom du Comité, le siège de l'œuvre est établi à Domremy, avec la réserve que le Comité de Paris conservera, dans l'intérêt commun, son fonctionnement habituel.

D'anciens officiers supérieurs des armées de terre et de mer voulaient contribuer à la fondation d'une œuvre de prières à Domremy, en souvenir de leurs compagnons d'armes dont les corps reposent au Mexique et sur des plages lointaines, et, comme nous, ils avaient demandé des souscriptions pour l'achèvement de la basilique. — Ils ont été heureux de cette union intime de notre œuvre, essentiellement catholique, avec celle de Monseigneur de Saint-Dié, et sont venus augmenter le nombre de nos zélateurs.

C'est dans le même ordre d'idées qu'au dernier Congrès

de Lille, Mgr Turinaz, évêque de Nancy, a prononcé, à la séance solennelle de clôture, un émouvant discours en faveur de notre œuvre, qui a obtenu un résultat immédiat ; Mgr l'archevêque de Cambrai et Mgr l'évêque d'Arras ont autorisé l'ouverture d'une souscription dans leurs diocèses.

Nous n'avons eu, cette année, que des dépenses peu importantes, parce que toutes les fondations faites ne sont pas encore réglées. Nos recettes ne se sont élevées qu'à 210 fr., et il nous reste disponible une somme de 430 fr.

Le sermon du 12 avril a produit une somme de 8,000 fr., dont les deux tiers sont destinés à la basilique de Domremy.

Dans le département du Nord, où le souvenir des désastres de 1870-71 n'a pas fait oublier ceux de 1815, des regrets étaient exprimés, par la voie des journaux, de ce que l'on n'avait jamais fait célébrer un service à Waterloo, le jour anniversaire de ce combat dans lequel des milliers de Français avaient succombé. Par les soins de notre comité, une messe a été dite le 18 juin 1890, près du champ de bataille, à Brainne-l'Alleud; le digne curé de l'humble paroisse a voulu lui-même célébrer cette messe. Il nous a fait part de l'impression qu'avait produite, dans son village, la nouvelle qu'à l'avenir, tous les ans, le saint sacrifice serait offert pour le repos des âmes de ces intrépides grenadiers, de ces vaillants soldats français, qui avaient combattu jusqu'à la mort, et dont le souvenir reste toujours vivant dans le pays.

En Grèce, au Pirée, une messe a été célébrée, cette année, près du monument élevé à la mémoire des soldats de la guerre de Crimée que l'on n'a pas pu ramener en France, malades ou blessés, et qui sont morts sur cette terre hospitalière.

Des messes anniversaires seront également assurées à Constantinople et à Sébastopol.

Le 12 mars, jour anniversaire de la mort du commandant Doudart de Lagrée, une messe a été dite dans la province de Yun-Nan, en Chine, à Tong-Tchuen, près du monument élevé par Francis Garnier à la mémoire de son chef.

A Pékin, nous avons aussi des services anniversaires pour les soldats morts dans l'expédition de Chine de 1860, et pour les marins qui ont été enterrés, en 1885, dans une des îles Pescadores.

Permettez-nous de retenir votre attention sur le passage d'une lettre d'un de nos correspondants de Chine, au sujet des monuments élevés, il y a trente et un ans, dans un cimetière à Pékin, et de vous donner l'extrait d'un discours prononcé, il y a quelques mois, à l'inauguration d'un monument à Makung, une des îles Pescadores.

« Les militaires français morts à Pékin pendant la cam-
» pagne de Chine, en 1860, sont enterrés au cimetière de
» Tchen-Fou-Sse, donné jadis aux missionnaires français
» par l'empereur Kan-Schi-Seuls. — Nos soldats y sont
» en compagnie de quatre évêques et de plus de cent reli-
» gieux. Le monument, élevé en 1860 par les troupes
» françaises, est en fort bon état. Construit en pierres de
» taille, il n'a pas eu à subir les ravages du temps. Il
» mesure environ trois mètres carrés à la base, sur trois
» mètres de haut; son architecture est d'un style grec,
» fort religieux. Là repose le général Collineau, au milieu
» de ses soldats. — A quelques mètres en avant du monu-
» ment commun se trouve le tombeau du comte de Damas,
» recouvert d'une pierre sépulcrale envoyée par sa fa-
» mille. »

Voici maintenant l'extrait du discours prononcé à Makung :

« Ce monument est destiné à pérpétuer la mémoire des
» marins morts aux îles Pescadores, pour le service de la
» France. — Plusieurs ont été tués glorieusement par le
» feu de l'ennemi; la plupart ont succombé aux maladies
» qui ont décimé l'escadre et les troupes. Le corps du
» plus illustre d'entre eux, de l'amiral Courbet, a été rap-

» porté en France pour y recevoir les honneurs réservés
» aux héros. Les autres ont été enterrés sur une plage
» solitaire, bien loin de la France, à laquelle ils ont donné
» leur vie... »

Pendant l'octave des Morts, des services solennels ont
été célébrés pour nos défunts à Hanoï et à Tourane, où
des fondations ont été faites. — Il y a eu aussi des services à Saïgon, à Quang-Yen et Haïphong. En Algérie
comme en Tunisie, et au Sénégal, à Saint-Louis, des messes
ont été célébrées pour ceux dont les corps reposent près
des hôpitaux militaires.

Ayant su, au cours de l'année 1890, qu'un assez grand
nombre de soldats avaient été inhumés dans le cimetière
de Nompatelize, à la suite de la bataille du 6 octobre 1870,
sans aucun signe chrétien, le Comité s'est empressé de
pourvoir à cet oubli, et un monument est en voie d'exécution.

En France, les fondations de messes anniversaires sont
nombreuses : mais, pour nous conformer aux enseigne-
ments que Mgr l'évêque d'Autun vient de nous donner
dans l'église de Saint-Augustin, ce n'est pas une fois dans
l'année, c'est tous les dimanches dans la prière commune,
et tous les jours dans la prière intime, que nous devons
prier pour ceux qui meurent sous les drapeaux.

Désireux de voir se réaliser le pieux désir du vénéré
prélat, nous émettons les vœux :

1º Que les familles chrétiennes contribuent, par leurs
souscriptions et leurs offrandes, à l'achèvement de la
basilique de Domremy et s'unissent d'intention au saint
sacrifice qui sera célébré chaque jour pour nos morts des
armées de terre et de mer;

2º Qu'il plaise à NN. SS. les archevêques et évêques de
permettre qu'aux annonces faites dans les paroisses, au
prône de la grand'messe, le dimanche, il soit ajouté aux
recommandations pour les défunts la recommandation

pour les soldats et marins morts au service de la France ;

3° Qué MM. les curés, aumôniers militaires, sœurs des hôpitaux, veuillent bien s'adresser au Comité de l'Œuvre, 35, rue de Grenelle, à Paris, pour toutes les questions se rattachant à la sépulture de nos soldats et aux prières pour leurs âmes.

———

RUINES DE BAZEILLES

VII.

UNE DETTE NATIONALE

ŒUVRE DES TOMBES

ET DE

RECONSTRUCTION DE L'ÉGLISE DE BAZEILLES

(Ardennes)

Sous le patronage de MM. les Ministres de la Guerre, de la Marine de l'Intérieur et des Finances

Le Comité de l'Œuvre des Tombes, auquel s'était rattachée l'Œuvre d'édification de l'église-crypte de Bazeilles, poursuivait activement ses opérations, dans le but déterminé de « faire élever, avec les ressources spéciales auxquelles il n'a cessé de faire appel, des cryptes, monuments ou croix en pierre, à la mémoire de nos soldats morts pendant la dernière guerre »

Il se proposait, en outre, de fonder, concurremment, des Anniversaires à perpétuité, sur tous les points de la France où des sépultures militaires communes ou isolées les auraient rendus nécessaires.

Par une lettre (1) reproduite au *Journal officiel* du 13 septembre 1876, M. le Ministre de l'intérieur a bien

(1) MINISTÈRE   Paris, le 11 septembre 1876.
DE L'INTÉRIEUR

Monsieur, j'ai eu l'honneur de rappeler au Comité de l'Œuvre des Tombes, dont vous êtes le délégué, les devoirs étroits qu'impose au Gou-

voulu faire connaître au Comité que le gouvernement, « considérant les devoirs étroits que lui impose la loi du 4 avril 1873, » se réserve le soin d'édifier ces monuments de patriotique commémoration, et il a ajouté que cette œuvre était déjà fort activement poursuivie par l'administration elle-même. Par ses soins, dit M. le Ministre, les travaux sont commencés et les projets mis à l'étude « suivant que le permet l'observation des délais légaux ou l'intérêt de la salubrité publique. »

Mais si, par un sentiment de pieuse sollicitude, dont nous ne saurions lui être trop reconnaissants, le gouvernement retient pour lui seul la charge de faire construire directement, sur les crédits spéciaux qui lui ont été ouverts, les cryptes et les monuments à édifier, il n'entend pas, déclare M. le Ministre, « décourager les efforts de notre Comité ou les intentions des souscripteurs qui voudraient répondre à son appel. »

vernement la loi du 4 avril 1873, et de vous exposer comment, à mon avis, doit être entendue et remplie la mission patriotique du Comité.

C'est à l'État qu'il appartient d'édifier les monuments destinés à honorer la mémoire de nos soldats morts pendant la guerre. Cette œuvre est activement poursuivie. Par les soins et sous la direction du ministère de l'intérieur, les travaux sont entrepris ou les projets mis à l'étude, suivant que le permet l'observation des délais légaux ou l'intérêt de la salubrité publique.

Mais, en se réservant l'accomplissement de ce devoir, le Gouvernement désire ne décourager ni le Comité des Tombes, ni les personnes qui voudraient répondre à son appel.

Je sais que l'Œuvre compte affecter la majeure partie de ses ressources à la fondation d'anniversaires qui seraient célébrés dans les communes où reposent nos soldats, et qu'elle se propose également de concourir à la reconstruction de l'église de Bazeilles.

Je ne puis, Monsieur, qu'applaudir à cette double pensée. Lorsqu'elle sera réalisée, si toutes vos souscriptions n'avaient pas ainsi trouvé leur emploi, mon administration accepterait volontiers l'offre que vous lui avez faite d'en joindre le reliquat aux fonds destinés par l'Assemblée nationale au relèvement des tombes militaires.

Veuillez, Monsieur, exprimer mes remerciements au Comité et agréer personnellement l'assurance de ma considération la plus distinguée.

Pour le Ministre de l'Intérieur :

Le Sous-Secrétaire d'Etat,

LÉOPOLD FAYE.

A Monsieur Hippolyte Salle, 63, rue Compoin, Saint-Denis (Seine).

M. le Ministre établit seulement cette distinction : que les études et l'exécution matérielle des travaux restent la tâche propre et naturelle de l'Etat; mais que l'administration acceptera volontiers la part de ressources dont le Comité pourra disposer, après avoir pourvu aux principales parties de son programme, c'est-à-dire aux fondations d'Anniversaires et à la reconstruction de l'église de Bazeilles.

Cette double pensée, à laquelle, dit M. le Ministre, « le gouvernement ne saurait qu'applaudir, » devient ainsi, désormais, la préoccupation dominante du Comité, dont la constitution reste entière.

C'est donc avec les hauts patronages de MM. les Ministres de la guerre, de la marine, des finances, de l'intérieur, que nous venons faire aujourd'hui un nouvel et pressant appel à la piété nationale, dans le but :

1° De fonder, par les soins du Comité, des Anniversaires à perpétuité sur les points où des monuments seront élevés par l'Etat à la mémoire de nos soldats morts pendant la guerre;

2° De compléter les ressources nécessaires à la reconstruction de l'église de Bazeilles, incendiée par l'invasion, et dont l'intérêt historique, qui se rattache désormais à ce village si cruellement éprouvé, fait pour la France une sorte de devoir public;

3° Enfin, de contribuer aux dépenses à faire par l'Etat pour les inhumations et pour la reconstruction des cryptes, monuments et croix commémoratives, édifiés par ses soins, conformément à la loi du 4 avril 1873.

Le Comité espère fermement que sa voix sera entendue. Grâce, en effet, à une décision spéciale de M. le Ministre des finances, MM. les trésoriers-payeurs généraux, receveurs particuliers et percepteurs sont autorisés à recevoir nos souscriptions. — Cet inappréciable concours, joint à celui que nous prêtent déjà si généreusement d'importantes maisons de banque de Paris et des départements, permet au Comité de correspondre ainsi avec

toutes les parties de la France, et lui laisse la certitude
que de nombreux collaborateurs viendront l'aider bientôt
dans l'accomplissement de son œuvre.

Le 25 septembre 1876.

*Le Comité de l'Œuvre des Tombes et de l'Eglise
de Bazeilles :*

MM. Baudon ; l'abbé Baron ; de Beurmann ; l'abbé Billiez ;
Henri Blount, président de l'Œuvre de Bazeilles ;
G. Bonnefons ; Léon Chevalier ; Cunin-Gridaine, sénateur ; vicomte Daru ; Albert Dethomas ; de Fiennes ;
général de division de Fontanges ; l'abbé Guyot de
Laval ; le R. P. Joseph, président de l'Œuvre des
Tombes ; l'abbé de la Faire ; comte de la Tour du Pin-
Chambly ; Emile Lecamus ; de l'Héraule ; C. Mauban ;
l'abbé Misset ; comte Léon Mniszech ; vicomte de Mor-
temart ; A. Ninnin ; Philippoteaux, député des Ar-
dennes ; marquis de Ploeuc ; Prosper-Henry ; Poussielgue (Henri) ; Récamier ; docteur Ricord ; Ch. Saint-
Pierre ; Hte Salle ; de Senneville ; le comte Sérurier ;
Toupet des Vignes, sénateur ; général de division
marquis de Vassoigne ; Richard Wallace ; l'abbé
Vimard.

VIII.

EXTRAIT

DE LA SEMAINE RELIGIEUSE DE SAINT-DIÉ

Le 18 mars 1891

« On n'a pas oublié les éminents services rendus, au lendemain de la triste guerre de 1870-71, par l'Œuvre nationale des Prières et des Tombes, en faveur des soldats français morts en France et à l'étranger. Partout elle a pourvu à la dignité de leurs sépultures par l'érection de monuments chrétiens, souvent remarquables, et, ce qui est mieux, partout aussi elle a justifié son titre en établissant à perpétuité des anniversaires de messes et de prières pour le repos de l'âme de nos défenseurs. Les amis de l'armée salueront donc avec joie une initiative qui assurera à ce noble but un essor nouveau et une plus grande stabilité.

» En vertu d'un accord intervenu entre S. G. Mgr Sonnois, évêque de Saint-Dié, et le R. P. Joseph, président de l'Œuvre des Prières et des Tombes, agissant au nom de son comité, le siège de l'Œuvre est établi à Domremy, avec la réserve que le comité de Paris conservera, dans l'intérêt commun, son fonctionnement habituel. Ainsi, le grand devoir des suffrages pour les morts de l'armée, l'honneur de leur sépulture, seront abrités désormais sous la blanche bannière de Jeanne d'Arc, au lieu même de son berceau; ainsi sera réalisé le vœu de l'héroïne mourante, suppliant le roi Charles VII « de faire prier, célé-» brer des messes et ériger des chapelles en faveur des » soldats morts. »

» Or, nous le demandons, quel lieu autre que Domremy a le droit de revendiquer cette féconde et salutaire institution? Quelle mère pleurant son fils mort sous les drapeaux (et il y en a tant, hélas!) ne sera pas consolée par la pensée qu'aux abords de ce *bois chenu* où « les voix célestes » parlèrent à Jeanne si souvent et si longtemps, la prière pour nos chers morts est perpétuelle? Nous sommes donc heureux d'annoncer que, par décision de Mgr l'évêque de Saint-Dié, le saint sacrifice de la messe sera célébré chaque jour dans la crypte achevée de la basilique de Domremy, et qu'une confrérie ayant le même but y sera canoniquement établie.

» Mais quelle tristesse en voyant, au-dessus de cette crypte, les murs inachevés de l'église de Jeanne d'Arc!... Si l'on veut sincèrement réparer l'oubli des siècles, restituer à Jeanne sa gloire méconnue ou sa mémoire outragée par le cynique patriarche de Ferney, n'est-ce pas son berceau qui en doit bénéficier avant tout et par-dessus tout? S'il est question d'un lieu de prières, est-il possible de l'établir ailleurs qu'au village de Domremy, où la sainte enfant a tant prié et pleuré pour « son cher pays de France? » Donc, à Domremy nos cœurs et nos efforts de catholiques et de Français! et la basilique de Jeanne d'Arc, conviant la prière et les pèlerinages, pour le salut de la patrie, sera achevée selon le vœu de Mgr de Briey, de douce et pieuse mémoire. Ce sera en même temps le couronnement à notre Œuvre des Prières et des Tombes. »

Les dons devront être adressés à l'évêché de Saint-Dié, ou chez M. Salle, trésorier, rue de Grenelle, 35, à Paris, ou au R. P. Joseph, à Douvaine (Haute-Savoie).

IX.

APPEL

AUX

ANCIENS MILITAIRES ET MARINS

———

Tout le monde connaît l'œuvre entreprise par Mgr l'évêque de Saint-Dié pour l'achèvement de la basilique élevée à Domremy en mémoire de Jeanne d'Arc et l'appel qu'il a fait à la France entière.

Mgr Sonnois a eu aussi l'heureuse pensée d'organiser, dans cette basilique, la prière pour les soldats et marins vivants et défunts de l'armée française, et d'y fonder des messes quotidiennes dans la même intention, se souvenant de ces paroles de Jeanne d'Arc au bon frère Pasquerel : « Dites de ma part au roi, notre maître, qu'il lui plaise » de faire bâtir des chapelles où l'on prie pour le salut de » ceux qui seront morts en défendant la patrie. »

Sa Grandeur, pour l'exécution complète de cette belle pensée, a voulu que toutes les œuvres créées pour le bien spirituel de nos soldats et marins, vivants et défunts, aient leur centre à Domremy, sous le patronage de Jeanne d'Arc.

C'est pour atteindre ce but que Mgr de Saint-Dié a décidé, le 6 novembre 1890, qu'à côté de l'Œuvre nationale des Prières et des Tombes, dont l'initiateur est le R. P. Joseph, l'archiconfrérie de Notre-Dame des Armées, dont le siège est à Versailles, sous la direction du R. P. Gueusset, soit érigée dans la basilique de Saint-Michel de Jeanne d'Arc.

Des anciens militaires, touchés de cette pieuse attention

de l'évêque de Saint-Dié pour l'armée, et comprenant d'ailleurs qu'elle ne peut rester indifférente à tout ce qui regarde Jeanne d'Arc, le *vrai modèle des hommes de guerre*, ont pris l'initiative d'un appel aux anciens officiers de l'armée et de la marine.

C'est avec confiance qu'ils s'adressent à eux, en faveur d'une œuvre à la fois si chrétienne, si patriotique et si militaire.

Ils osent, en même temps, émettre le vœu que Jeanne d'Arc soit bientôt béatifiée et devienne la patronne de l'armée française, *son cri de guerre* et le gage certain de la victoire.

Les anciens militaires et marins (retraités, démissionnaires ou libérés du service actif), qui voudraient bien s'associer à ces sentiments et à ces espérances, sont priés de faire parvenir leur souscription nominative ou anonyme :

A Versailles : à M. le vice-amiral marquis GICQUEL DES TOUCHES, 30, rue du Sud ; ou à M. le général comté DE GESLIN, 26, rue des Bourdonnais ;

Ou à Paris, à M. Hippolyte SALLE, trésorier du comité catholique des œuvres militaires et des marins, 35, rue de Grenelle-Saint-Germain.

Versailles, 27 novembre 1890.

Général de Division : Comte VERGÉ DU TAILLIS BURGLIN.

Vice-Amiral : Marquis GICQUEL DES TOUCHES.

Vice-Amiral : RIBOURT.

Général de division d'Artillerie : LANTY.

Généraux de brigade : DUCROT, Comte de GESLIN, HAREL, Comte OUDINOT DE REGGIO.

Colonel d'Artillerie : DE MUSSY.

Capitaine de Vaisseau : Comte DE LA TOUR DU PIN LA CHARCE.

Capitaines de Frégate : FRANCHET D'ESPEREY et LE CAMUS.

CARRON DE LA CARRIÈRE, *ancien Officier de Cavalerie, ancien Député.*

Chef de Bataillon d'Infanterie : DE BRUNIER.

Chef d'Escadron d'Artillerie : LE FRANÇOIS.

X.

ACTE SOUS-SEING PRIVÉ

L'ŒUVRE DES PRIÈRES ET DES TOMBES

ET

LE TRÉSORIER DE LA FABRIQUE DE L'ÉGLISE DE NOMPATELIZE

(Vosges)

Reproduit à titre de fac-similé *pour les fondations du même genre*

Entre les soussignés :

Julien-Hippolyte Salle, demeurant 63, rue Compoise, à Saint-Denis (Seine), délégué de l'OEuvre des Prières et des Tombes, dont les autorisations gouvernementales ont été confirmées par une lettre de M. le Ministre de l'intérieur en date du 11 septembre 1876, reproduite au *Journal officiel* le 13 septembre 1876,

Et :

M. Charles Idoux, agissant au nom et comme trésorier de la Fabrique de l'église de Nompatelize,

Il a été convenu ce qui suit :

M. Salle, délégué de l'OEuvre des Prières et des Tombes, pour assurer dans l'église de Nompatelize, pendant le mois d'octobre, la célébration à perpétuité d'une messe à l'intention des soldats français tués pendant la guerre 1870-1871 sur le territoire de la commune, messe qui devra être annoncée au prône, le dimanche qui précédera sa célébration,

A offert dans ce but, à la Fabrique de l'église de Nompatelize, une inscription de 5 fr. (cinq francs) de rente du gouvernement français, 3 % au porteur, n° 459,600, jouissance juillet 1891, qui devra être inscrite avec mention sur l'inscription de la destination des arrérages.

De son côté, M. Charles Idoux, agissant en qualité de Trésorier de la Fabrique de Nompatelize, a déclaré accepter l'offre ainsi faite et s'est engagé, au nom de la Fabrique qu'il représente, sous réserve de l'autorisation du gouvernement et moyennant la remise de la rente de cinq frances, à faire acquitter la fondation réclamée.

Fait en triple exemplaire.

Saint-Denis, le 10 juillet 1891.

Approuvé l'écriture ci-dessus :

Signé : Ch. IDOUX.

Approuvé l'écriture ci-dessus :

Signé : H. SALLE.

MINISTÈRE DE LA JUSTICE
ET
DES CULTES

RÉPUBLIQUE FRANÇAISE

DÉCRET

Le Président de la République française, sur le rapport du garde des sceaux, ministre de la justice et des cultes ;

Vu les pièces produites en exécution des ordonnances réglementaires des 2 avril 1817 et 14 février 1831 ;

La section de l'intérieur, des cultes, de l'instruction publique et des beaux-arts du Conseil d'Etat entendue ;

DÉCRÈTE :

ARTICLE PREMIER. — Est approuvée la convention résultant d'un acte sous seing privé du 10 juillet 1891, par lequel le sieur Hippolyte Salle s'est engagé à remettre à la Fabrique de l'église de Nompatelize (Vosges) une rente de 5 fr. 3 % sur l'Etat, à la charge de faire célébrer, chaque année, à perpétuité, une messe à l'intention des soldats français tués pendant la guerre 1870-1871.

Cette rente de 5 fr. sera placée en rente 3 % sur l'Etat, au nom de la Fabrique de l'église de Nompatelize, avec mention sur l'inscription de la destination en arrérages.

Il sera fait mention également aux budgets de la Fabrique, tant à l'actif qu'au passif, des revenus et charges en provenant.

Le trésorier devra justifier de l'accomplissement de ces formalités auprès du préfet.

ARTICLE 2. — Le garde des sceaux, ministre de la justice et des cultes, est chargé de l'exécution du présent décret.

Fait à Paris, le 17 octobre 1891.

Signé : CARNOT.

Par le président de la république,

Le garde des sceaux, ministre de la justice et des cultes,

Signé : A. FALLIÈRES.

CONCLUSION

Puisse cette notice, à l'aide des documents qu'elle reproduit, éclairer nos frères catholiques, afin que leur argent, ainsi qu'il arrive trop souvent, ne fasse pas le jeu de nos adversaires.

Qu'ils gardent donc leur dévouement et leurs générosités à l'œuvre *unique* qui abrita nos tombes militaires aux heures de l'année terrible, il y a vingt et un ans, qui est demeurée à la peine toujours ; qu'elle soit à l'honneur ! Qu'elle soit à *l'honneur*, surtout à cette heure solennelle, où elle unit son sort à celui de la basilique de Jeanne d'Arc à Domremy : union bénie qui assure son immortalité.

Aider l'*Œuvre des Prières et des Tombes*, c'est fonder le sanctuaire de *l'héroïne* ; ce n'est pas seulement honorer et soulager les morts de la patrie, c'est travailler à la résurrection de la France.

TABLE DES MATIÈRES

www.ingramcontent.com/pod-product-compliance
Lightning Source LLC
Chambersburg PA
CBHW060433260626
47161CB00005B/1902